日本新锐作家文库

幸福游戏
幸福な遊戯

［日］角田光代 著
蔡鸣雁 译

青岛出版集团 | 青岛出版社

KOFUKUNA YUGI
©Mitsuyo Kakuta 1991, 2007
First published in Japan in 2007 by KADOKAWA CORPORATION, Tokyo.
Simplified Chinese translation rights arranged with KADOKAWA CORPORATION, Tokyo through CREEK & RIVER Co., Ltd.

山东省版权局著作权合同登记号　图字：15-2020-376 号

图书在版编目（CIP）数据

幸福游戏 /（日）角田光代著 ; 蔡鸣雁译 . — 青岛 : 青岛出版社 , 2023.5
　ISBN 978-7-5736-1092-8

Ⅰ . ①幸⋯　Ⅱ . ①角⋯ ②蔡⋯　Ⅲ . ①小说集－日本－现代　Ⅳ . ① I313.45

中国国家版本馆 CIP 数据核字（2023）第 063419 号

书　　名	XINGFU YOUXI 幸福游戏
著　　者	[日] 角田光代
译　　者	蔡鸣雁
出版发行	青岛出版社
社　　址	青岛市崂山区海尔路 182 号（266061）
本社网址	http://www.qdpub.com
邮购电话	0532-68068091
责任编辑	霍芳芳
特约编辑	张庆梅
封面设计	今亮后声·任晓宇
插画设计	尔凡文化
照　　排	青岛可视文化传媒有限公司
印　　刷	青岛双星华信印刷有限公司
出版日期	2023 年 5 月第 1 版　2023 年 5 月第 1 次印刷
开　　本	32 开（889 mm × 1194 mm）
印　　张	8.25
字　　数	125 千
印　　数	1—6000
书　　号	ISBN 978-7-5736-1092-8
定　　价	45.00 元

编校印装质量、盗版监督服务电话：4006532017　0532-68068050
上架建议：日本 / 文学 / 畅销

译序

「成长」是什么
——关于幸福游戏

《幸福游戏》是角田光代的成名作。1990年,23岁的角田光代凭借这部作品,摘获第九届海燕新人文学奖,从此成为日本文坛一颗冉冉升起的新星。本书是以《幸福游戏》命名的中篇小说集,收录有角田光代早期创作的《幸福游戏》《无忧天使》《公共浴室》三篇中篇小说。因为是早期作品,所以从创作技巧上来说,这三篇小说未必是角田光代最优秀最成熟的作品。但它们在角田光代的作品群中显得别具一格和弥足珍贵,因为它们充满了角田光代天才式的创作灵感,具体说来就是体现了角田光代对情感无比敏锐、无比精准的捕捉和把控能力。

这三篇小说可以说非常具有角田光代的特色，角田光代后来的作品中，无比扣人心弦的瞬间的情感捕捉和细腻笔触无不在这几篇小说中碰撞出最初的火花。这三篇小说的主题可以说都是"成长"，在对原生家庭的质疑和否定中，在与社会的隔阂以及对社会的抗拒中，主人公以为自己正在慢慢长大，却在真正长大的瞬间懂得了自己的原生家庭，懂得了自己，也平和地接受了自己，接受了原生家庭，融入了社会。长大意味着"和解"，与自己的成长和解，与周围曾经看不惯的事物和解，最终微笑着接纳并不完美的自己。这就是我作为译者在翻译这本书的过程中获得的感动。角田光代的了不起，在于她用文字把最隐蔽、最难以捕捉，甚至我们自己都未必认真思考过的情感呈现出来，让读者在阅读的过程中去感动、去思考。

《幸福游戏》中，羽织、立人和主人公"我"既非恋人也非家人，却组建了一个温暖而奇异的"家"。这个"家"当然不是传统意义上的由血脉亲情联结在一起的家,却有着家的温暖和舒适,以至于会令人深陷其中,丢掉奋斗的动力。羽织和立人先后清醒过来,挣脱了这份羁绊自己前进脚步的温暖,而主人公"我"却依然对这个"家"充满深深的眷恋,无法自拔……。这篇小说让我们思考:"家"到底是什么?"家"对我们的成长有着怎样的意义?人们普遍渴望"家"的温暖,然而成长意味着挣脱羁绊,离巢单飞,重新构筑一个属于自己的家,这也许是我们每个人都要经历的心路历程。《幸福游戏》把这种成长的隐痛描写得细致入微,主人公的"家人"们纷纷长大,主人公"我"还能继续做那个固执、不肯长大的小女孩吗?小说结尾处的描写也许已经告诉了我们主人公的心理成长与困惑——"马上该回家了,一定要回家的。……可是,不想回家。"

如果说《幸福游戏》的主人公在一定程度上意识到了什么是"成长",那么,《无忧天使》呈现的便是与"长大"和解前夕的抗拒与挣扎。小说采用了意识流的手法，描写了"我"的绝望、挣扎和痛苦。濒临精神崩溃的"我"徘徊在心理世界里，在现实与非现实之间体会着强压降临时复杂的心理变化：选择坚强却幻想逃避，最终依然做出决定，拼命地向着看不见的人生出口奔跑。这何尝不是最坚强的生命之成长？

本书选择用《公共浴室》作为终篇小说，绝非偶然的拼凑。如果说《幸福游戏》和《无忧天使》的主题是"成长之痛"，那么最后一篇小说《公共浴室》描写的就是"长大"了。主人公"我"执拗地追求特别的人生，这个"特别"包括对原生家庭的否定和对社会、对周围的人的抗拒，这一切归根结底只是自以为"长大"的不成熟罢了。因为不成熟，"我"觉得自己和这个世界格格不入，也拒绝向世界敞开心扉，却被一个在公共浴室里偶遇的小女孩彻底治愈，发现自己其实只是这个世界上许许多多和自己一样的人中的一分子，也发现自己其实非常渴望融入这个世界——"我"终于长大了。

这部小说集的主题是"成长"，展现的是我们每个人从自以为的"长大"到真正长大成人的心路历程。文学世界不等同于现实,何况是这样一部偏向意识流的小说集,作者在写作时更倾向于想象世界,所以不必强行将其与现实世界画等号。我们或许都有过类似的心路历程:成长的隐痛、生命的坚强和长大的释然。我想,这也是角田光代这部小说集的动人之处。

蔡鸣雁

2022年2月9日于青岛

目 录

译序
"成长"是什么——关于《幸福游戏》
001

幸福游戏
001

无忧天使
069

公共浴室
175

幸福游戏

开始三人合租生活之时，我们只规定了一条禁令：禁止合租人之间发生不纯洁的异性关系。随便带什么人，甚至每天晚上带不同的人回来都无妨，但唯独合租人之间不可以发生性关系。立人提出这条建议自有他的道理：房子是由两男一女共同出资租下的，万一闹出点桃色事件，那就必须有一人从这里搬离。如果能马上找到合租的人还好说，但十有八九不会那么顺利，所以说，一旦有人离开，留下的人就得暂时多支付一个人的房租。就是出于如此现实的顾虑，我们三人理应不论男女，彼此像同性一样在一起生活。搬进来的第一天，立人就发表了这么一通演说。

打破禁令的人是我和羽织。合租生活才刚刚过了三个月，在梅雨季即将结束的时候，立人回乡下参加葬礼了。我和立人大学期间做了四年的同班同学，所以对他很了解，但是搬到这里之后还是第一次和他的高中同级同学羽织坐在一起。虽然我也会和羽织说点无关痛痒的话，但还是难以做到敞开心扉。大概是因为羽织长了一张像狗一样极具亲和力的笑脸，终日面带微笑，很难猜透他心里实际在想些什么。那天晚上，在充当中间人的立人缺席的客厅里，我浑身不自在地和羽织盯着电视看。大概羽织也觉得别扭，不停地说话，但时不时可以看出这背后的勉为其难。为了驱赶这种尴尬，我们喝了酒，然后不知不觉睡到了一起。仅此而已。

　　羽织从床上伸手打开窗，刚才一直下个不停的霏霏细雨已经停了，湿漉漉的草木的气息从对面的黑暗中飘了过来，隔壁那棵参天大树狂摇不止，仿佛要将叶子上的雨水震落。

　　"立人一开始操心太多了，真是好笑。"羽织开口道。

　　我记起樱花尚未含苞的时节。

"他拼命为咱们缓和气氛，活像个带着孩子给人当继室的老母亲。"

"就是，饭菜还要板板正正做三份，三个人正儿八经地一起吃。"

"被他那样一搞，反而弄得紧张兮兮的。"

那之后羽织就闭口不言了，沉默了片刻，他开始讲起我并未问过的事情。

他说，五年前高中刚一毕业他就来了东京，投奔立人，住进了立人的公寓。这倒也并非因为在东京有什么想做的营生，而仅仅是出于对东京的向往而已，觉得只要到了东京就会有成堆的快乐，也一定能找到自己想做的事情。当然，在东京也难免会遭遇不可预知或惊险的事情。虽然有这样的心理准备，但都已经过去五年了，直到今天还什么都没有发生，他依然在无所事事地到处晃悠，依然只能茫然地等待……

羽织静静地叙说着，声音仿佛融化在黑暗之中，我发现他那极具亲和力的笑脸后面其实空无一物。不对，并非空无一物，即便看到后面，也必定还是一张别无二致的极具亲和力的笑脸。我一下子对他放松了戒备，我想：那天夜里的做爱虽然并未开启恋爱的盖子，但无论对他还是对我而言，这个家可能都会比从前舒适许多吧。

"我本来就不会做深度思考啊。"

为了给五年的"自传"做个总结，也为了给这一晚的秘密找个借口，羽织笑着说。很庆幸他不是个深度思考的人，也很庆幸他不做深度思考地和我睡了，我想。

第二天，立人从乡下回来了，可是面对他，我不仅没有打破禁令的犯罪感，反而很想主动告诉他那天晚上和羽织在一起的事情。

"葬礼这事儿可真是匪夷所思啊。"

从乡下回来的立人目不转睛地盯着渗出密密层层的水珠的盛着大麦茶的杯子，冷不丁来了一句。羽织出去打工了，我的眼前浮现出他在那家如工厂般清冷却又喧闹的居酒屋里运送大扎啤杯的身影。他那曾声称无事想做的嘴里大概正反复地报着点菜单，抚摸过我身体的手或许正在运送煮毛豆或者炸豆腐吧。

西沉的太阳给立人的脸染上了橘色,杯子里的冰化了,哗啦哗啦地发出清脆的声响。我侧耳倾听立人说话。

"奶奶死了,亲戚们的聚会反倒让我觉得匪夷所思。很少在一起的老爸和老妈并肩鞠躬,从前总被奶奶嫌弃、责骂的老妈流着眼泪,多年不见的大哥也在,老爸的姐姐和老妈在交谈,这所有的一切都像在演戏,让我有种上当受骗的感觉。"

立人边说边打开买回来的礼物的包装,里面是司空见惯的豆包,但大口吃起来依然是令人怀念的味道。

"葬礼结束后,大家还要围在一起举行宴会,真够奇怪的啊!"立人点上一支烟,看着我说,"对了,智子你的家人连个影子都没有呢,感觉你像是生来就孤身一人一样。"

我喝了一口大麦茶,笑道:"因为我本来就没有家人啊。"

"你又开这种奇怪的玩笑。"

立人笑了，视线转向院子。走廊对面的小小院落里，翁郁的紫阳花叶子被夕阳染成了橙色，一动不动。

第二天午后，我下课之后去了姐姐家。姐姐比我大六岁，几年前结了婚。虽然她也住在东京，但去她家一趟也需要鼓半天劲儿，所以我一般不去。之所以那天想去找她，或许是因为听了立人的那番话吧。对了，我记起来自己搬到这里都三个月了，却连地址都没告诉过她。

我混在主妇堆里，到商业街买了蛋糕当礼物，凭着记忆在一排排一模一样的公寓楼里寻找姐姐的家。按下门铃，传来很阳光的一声"来了"。门打开了，姐姐看见我，做出一副很夸张的吃惊的表情，她一边摆拖鞋一边连珠炮般说个不停。

"真是好久不见了呀，你倒是跟我联系嘛！你现在到底在做些什么？住得这么近，你倒是经常来呀。你都二十三了吧？是不是也该穿得再正经点啊？快别再穿脏兮兮的牛仔裤了。"

我们吃着我买的蛋糕，喝着茶，隐约记得姐姐沏的红茶十分可口。我望着茶杯上面的花纹，听姐姐兀自絮絮叨叨地汇报自己的近况。

"对了，我搬家了。"我插嘴道。

她又一次夸张地表示吃惊，拿来小本子让我把地址写下来。我写到半中腰，她又问我住的地方怎么样、房租多少。

"我们三个人合租了一套独栋的木制房子，带院子，一个月十万日元，是不是算便宜的了？三人合租，一人三万三千日元。我要了光照最好的一间，所以是三万四千日元。合租人是我的大学同班同学和他的高中同级同学。那个同学的同学是搬到一起之后才认识的，但是挺合得来。嗯，感觉住得挺舒服的吧。"

姐姐边听边"嗯嗯"地附和，突然想起什么似的说："对了，你工作了吗？不可能吧？否则你不会大白天地跑来找我。你现在在做什么？"

"大学五年级呀，我留级了。"

姐姐笑了，收住笑时望着我说："好吧，你开心就好。"

复合地板上摆放的观叶植物、墙上装饰的照片、镶在大大的画框里的漂亮画作，所有的一切都是姐姐从前在哪里看到过、憧憬过的东西。家中清爽整洁的角落和房间里充溢的平和的气氛也是如此。但我们曾经生活过的家中既没有漂亮的画作，也没有温馨的气氛。

隔着门缝偷看姐姐和妈妈之间的混战是多久以前的事了呢？姐姐高中毕业以后就工作了，当时她正在和同公司的一个男人谈恋爱，姐姐说那人比她大整整一旬。年幼的我隐约感觉，引发混战的原因是母亲也喜欢上了那个男人。打开了一条小缝的房门对面，大半夜里她俩在高声对骂，拿东西扔向对方，互扇耳光。那不是母女之间的吵架，而是女人之间的战争。我津津有味地偷看她们互扇耳光，那画面让我觉得很愉悦，简直就像在欣赏电视上颇负盛名的拳击比赛。我真为自己只能孤零零地傻站在房间外黑漆漆的走廊上感到遗憾，假如我再长大一点，大概也会喜欢上那个中年男人吧。想必这有趣的战争会循环爆发吧。混战发生之后不久，母亲便开始不回家了，再不久，姐姐决定结婚。姐姐的结婚对象活像漫画《哆啦A梦》里面的大雄。当我看到这个窝囊且不靠谱的结婚对象时,就明白了这家伙不会是她俩争抢的那个男人。

"怎么会是那样一个人嘛,姐姐你应该找个更优秀的男人。"

姐姐向我介绍了那个男人后,我对姐姐说。

"只要我能幸福就好。"姐姐咯吱咯吱地吃着打包盖浇饭的配套腌菜,说道。

我当时并不明白姐姐说的"幸福"是指什么,但是在看到姐姐安静整洁的家时,我懂了。我想:姐姐已经得到了那份"幸福"。

"哎,和你一起住的人都是做什么的?"

姐姐边倒上第二杯红茶边问。

"一个是在读研究生,另一个无所事事。"

"难不成是男孩子?"

"是的,两个都是。"

"男朋友是哪个?"姐姐问道。

从前的那张脸又回来了。

"哪个都不是。那个家里发布了做爱禁令,所以他俩都是普通朋友。"

姐姐笑得前仰后合,说这样她就放心了。

我看看墙上的挂钟,来这里还不到一个小时,但我还是站起身来。

"这就要回去了吗?"

"今天之内得赶出小论文。"

我撒了谎。洁净的空气似乎天生不适合我,待在这里让我觉得拘谨。

"银行账户还会按时收到汇款吗?"

姐姐一边起身一边问。

"嗯,是的。"

"哎,智子,我最近就在想,人生而有之的命运之线会不会从降生时起就乱作一团呢?"姐姐居高临下地俯视着坐在玄关穿鞋的我,出其不意地说道。

我突然想说点什么,但最终也没吭声。我记起姐姐从前总是对还是初中生的我说起命运之线。"哎,你说有没有上帝啊?如果有,他怎么能突发奇想弄出像家这么复杂的线呢?"如此这般。

"不过呢,我们在成长的过程中,自己能够亲手把它捋得笔直,就跟毛线打结了一样,不紧不慢、小心翼翼地把结解开,一点一点把自己那根线捋得笔直。"

我系好鞋带,默默地听着姐姐的话。我想说点什么,却找不到合适的话语,只好站起身,说:"我走了。"

"再来啊,什么时候都可以的。谢谢你买蛋糕来。"

姐姐的脸消失在白色的房门后面。

回去的路上,我一边环顾左右,一边回想姐姐的话。姐姐凭一己之力捋直的线上有收拾得整整齐齐的厨房,有颜色素雅的桌布,还有印花的茶杯,还有一尘不染的起居室和角落里她老公那浆洗得笔挺的衬衣。尽管我在听姐姐说,却认为她说得不对。她的话不对,假如真有什么命运之线,那会是像新生儿的啼哭般笔直的线。一定是我们自己刻意把它弄得乱作一团,有时是因为软弱,有时是因为一时兴起,或者因为好玩,因为悲伤,因为自己……

我最终因为破坏禁令而得到了使内心获得安宁的场所，也就是说，无论这个家在哪里，无论里面住的是谁，我都不再感到紧张。虽然合租生活才过了半年，我却会时时产生一种错觉，仿佛从我出生以后就一直这样三个人一起生活。日复一日，我不仅习惯成自然，就连性别和拘谨都不知被自己踩踏之后丢向了何方。

想当初，立人为了缓和我和羽织之间的关系，拼命准备饭菜，半年里，这已成了惯例。饭来张口的我们抱歉地说"一直麻烦你"，立人就会笑着回答"我本来就喜欢做饭的嘛"。

"我爸妈经常不在家，所以我自然而然就学会了做饭。等我开始亲手做饭后，才发现我老妈做的饭真是难以下咽，她好像不适合做饭这类事情，拿手饭就是水煮蛋。我潜心研究做饭，还做给大哥吃，听他夸好吃就会非常开心。"

听了立人的这番话，我和羽织为了让他高兴，忙不迭地夸了好几遍"真好吃"。实际上，立人比我这个女孩子还要心灵手巧，而且烧得一手好菜。

立人一边打工一边读研究生，羽织晚上打工，我一周去大学三次，我们的生活各不相同，但是很少有哪一天一整日三人都碰不到一起。立人六点左右回来，羽织十点左右出门，中间的四个小时我们三人会不约而同地凑到客厅里，漫无边际地聊天，吃着饭看电视，或者津津有味地玩那种小孩子玩的纸牌游戏。

在这个过程中，我突然发现我们三人有一种奇妙的共同意识。可能他俩并未察觉，然而我很肯定就是这样。

比如立人会买回三个人的啤酒，比如我会制订三个人的周末外出计划，再比如羽织会将一起打工的朋友带回来，然后介绍给我们。没钱的时候，手头宽裕的人会慷慨解囊，也经常搞不清当天的伙食费究竟是谁付的。

不经意间，我突然在这个家里看见一种没有踪影的形式，我们三人把它当成共识，每个人都小心翼翼地把它放在心里。虽然我们的生活千差万别，但每个人都必定会伸出一只手抓住那没有踪影的形式。因此，在和不是自己家人的人一起生活时，我才能够如此心安理得，如同做梦一般从容。想到这里，我祈祷他俩也能这样想，我相信他们也一定是这样想的。

因为每月比他们两人多交了一千日元的房租，所以我的房间相对明亮。我们三人的房间都在二楼，其中位于东南方向的这间最好。我常常想：一千日元能买到阳光，真是便宜。白天我睡觉时，经常既不拉窗帘也不关窗，只是横躺在那里，将洒在床上的斑驳的阳光缀连在一起，任由风拂过汗津津的额头和肩膀。从窗户看得见隔壁的樱树，花瓣已经落光，点缀在枝丫间的绿叶随风起舞。我凝望着樱树，然后闭上眼睛，眼睑内侧尚留有樱树的姿影，转瞬则化作白茫茫一片。

傍晚，立人回来后，我们大概依然会三人结伴在羽织去打工之前的这段时间里去影像店。我想再看一遍《巴格达咖啡馆》，想一边喝着啤酒吃立人做的晚餐，一边看录像。恍恍惚惚想到这些时，羽织那极具亲和力的笑脸出现在我的眼睑里，立人温暖的笑声在耳边回响,然后我慢慢坠入幸福的梦乡。

我被一阵吵闹声惊醒,拉开窗帘后,外面天气凉爽,玻璃窗上传来的凉气让我明白已是夏末时节,但是分明樱花前不久才刚刚凋落。隔壁依然很吵,我拿起表看了一下,才七点钟,大概是羽织又带朋友回来了吧。我放下表躺回去,却又想起自己好久没有早起了。我想,偶尔早起一次大概也不坏,于是起身下床。

羽织曾多次把一起打工的朋友带回家,所以我几乎能记住他们所有人的长相和名字,但他们都像放学时来家里玩的小学生一样无趣。每次看到那些明快的笑脸,我都要感慨人以群分。

来到吵闹声的发源地客厅,迎接我的是酒精的味道和六七张发红的脸,中间还有女孩子。一看到我,他们就亲昵地喊我的名字:"早上好啊,智子。"

"吵到你了吗?过来喝一杯吧。"玩得正在兴头上的羽织说道。

都早上七点了还让我喝酒,虽然这样想,但我还是坐到圆圈中。我发现桌布上放着一台相机。放在酒瓶、歪倒的酒杯、零食袋子等东西中的相机让我感觉是件奇妙的物品。发现我盯着相机看,羽织大声说道:"这是我的相机!"

他像是一个为拥有玩具而感到自豪的孩子。

"这个胡闹的傻瓜!"

"他刚刚竟拍了这台相机。"

"明明没有一点儿用处,这家伙却买了。"

面红耳赤的朋友们七嘴八舌地说着。

"多少钱竞拍来的?"我问。

"两万日元。"

羽织伸出两根手指,仿佛对上暗号了一般,他们又闹腾起来。

"大家都想要,但是没有人能拿得出两万日元,很遗憾。"

"羽织你怎么就能一下子甩出两万日元呢?"

"这可是店长的相机,一等一的好货哟,是专业摄影师用的那种。"

"咦？虽然我不懂相机，但你竟然花了两万日元买它？"

听我这样说，羽织喜滋滋地把相机拿在手里，冲我"咔哒"摁了一下快门，然后对赶忙换上一副笑脸的我吐吐舌头，说道："抱歉，没放胶卷。"

学校食堂太拥挤，我坐在校园里打发时间。虽然光照依然充足，但太阳已然换上了秋装一般。我坐在长椅上，看银杏叶随风飘舞。可能是因为早晨起得太早，我连连打着哈欠。成群结队的穿西装的学生在傻傻打着哈欠的我的眼前穿梭往来，这情景洋溢着一种怪异的气氛，和优雅的校园不太般配。

"这可太稀罕了。"

应声抬头看去，立人站在我的眼前。感觉在家里见到的他和在学校见到的不是一个模样，所以我花了好几秒才反应过来是他。

"来学校了？"

"这还用说，只是没碰上而已。"

他在我旁边坐下,在学校见到的他似乎又回到从前和我同班时的模样,感觉好亲切。

"今天早晨是不是很吵?"

"已经习惯了。"

立人笑了,眼睛迎着太阳眯成一条缝,树上没剩下几片的银杏叶的影子斑斑驳驳地落在他的脸上。

"羽织说他竞拍了一台相机。"

我说起今天早上的事,立人一脸不可思议。

"羽织为什么又摆弄起相机来了?"他问道。

"嗯,我也想问来着,但他喝醉了,问了也只会胡说,所以没问。"

"大概他明明不想买却逞强买下了吧。"

说完,立人呵呵地笑了。

他的话里没有恶意。

"不过他也就'三分钟热度',三个月之后可能就半价卖给别人了。"

"或许吧。"

"要不要打个赌?"

"这有什么好打赌的。"

"不,这很有趣,咱们赌吧,我赌三个月以后相机从咱们家里消失不见,赌一千日元。"

我们大声地笑了。

回到家里,羽织依然一副宿醉未醒的样子。我问他为何买相机,原因果然被立人说中了,引得我笑了起来。他说本来并不想要,但大家拼命竞价,他觉得好玩,恰好当时有钱,所以稀里糊涂地买下了,就是这样。我突然想:完了,我不该打赌的,没准儿三个月以后相机真的会消失不见。

"不过,"羽织一边摆弄相机一边笑着说,"我们三个人一起出去的时候,有个相机还是蛮方便的。"

听了这话,我又一次感觉到,羽织正伸出手,拼命地守护着这个家里那没有踪影的形式。

"是的,咱们得三个人一起出去玩一次了,趁着天还没变冷。"我说。

我犹豫着要不要把和立人打赌一事说出来取笑一番,最终却没能说出口。"我依然在无所事事地到处晃悠，依然只能茫然地等待"——不知何时听到过的羽织那低沉的声音在我的心中回响。

三个月之后，相机依然好好地留在家里，我赢了打赌，可是这时候，我和立人都已把打赌一事忘得一干二净。羽织已经养成了习惯，整天拿着相机到处转悠。

院子里下起了霜，隔壁那棵大树光秃秃的，一副大义凛然的样子。这是我们三人共同迎接的第一个冬天，还是第一次遇上如此温暖的冬日。虽然风吹得耳朵生疼，但赶回家中就会有温暖的房间。遇上下雨的日子，我们三人都不出门，围坐在一起吃着火锅看电视。我情不自禁地想：只要待在屋子里，哪怕今后一辈子都是冬天也无妨。

围着被炉吃晚饭时，羽织说他要开始在新地方打工了。最近总是吃火锅，火锅里什么都可以放，真是省事。

"居酒屋那边怎么办？"我随口问道。

"兼职做。三点到九点做新工作，十点到早晨去居酒屋。我要忙起来了。"

"你需要钱吗?"立人问。

"算是吧。"

羽织含糊其词,却没有说要钱干什么,我和立人也都没有刨根问底。

"什么工作?"

"哦,就是普通的服务业。"

我听得出他再一次含糊其词。本想继续追问,羽织却拿筷子指指电视,把话题岔开了。

"快看快看,真了不得!"

循声看去,好像是纪录片,字幕上显示是"大阪爱邻地区",几个工人模样的男人坐在破败的街道上喝酒。那场景触目惊心。时间是早晨,他们在脏兮兮的路面上摆上酒和菜,一大早就泡在酒里。记者上前搭话,他们回答着什么,却含混不清。

不知为何,我不忍直视那种画面,就换了频道。锅上冒出来的白色蒸汽在房间里弥漫开来,玻璃窗上蒙上了一层雾气,窗外的黑暗隐藏在蒸汽之中。屋子里又热又暗，我却懒得把窗户打开。

第二天一早，我顶着寒气打开洗衣机，这时羽织走到我身边。我跟他打招呼说"早"，他却一声不吭地盯着水槽里的水。

"打工回来以后睡觉了吗？"我问道。

他"嗯"了一声。

"智子，你今天有时间吗？"

羽织的视线停在因吸饱阳光而亮得晃眼的水上，开口问道。

"有时间啊，什么事？"

"我有话和你说，我想让你陪我去一个地方。"

我捉摸不透他要说什么，答道："等我洗完衣服吧。"

羽织在走廊里坐下，像个孩子一样看着我晾衣服。他比平日里沉默寡言，这让我有些不安。立人出去打工了，家里寂静的空气沿着走廊缓缓地流淌出来。一动不动地坐在那里等着我的羽织仿佛即将融化在这寂静的空气之中。

他想带我去的地方是区里的青年馆，那里有好几处对外出租的大厅,还有一个小型图书馆。我望着反应迟钝的自动门对面那整洁透亮的地板,羽织在前台交涉着什么,然后拿了钥匙走向地下室,我不明就里地跟在他的后面。

那是一间暗室。羽织拉上窗帘,开始忙活起来,活像在做理科实验准备。我倚在门上,连珠炮一样向他发问。

"你这是要做什么?不是有话要说吗?你经常来这里吗?我怎么不知道还有这种地方?"

"这玩意儿有趣极了,我弄给你看。"羽织没有回答我的任何一个问题,只说了这么一句。

房间里漆黑一片,只有红色的电灯发出明亮的光,羽织从纸袋子里拿出胶卷,夹到一个莫名其妙的机器里。

"羽织,难不成你一直在自己洗照片吗?"

我终于理出点头绪,吃惊地问道。走到羽织旁边,我看见那个莫名其妙的机器下面铺着纸,纸上隐约印着风景。

"不是。我最近才找到这里,这应该是第三次吧。这是相纸,把它浸在显影液里,你瞧!"

白纸上面清晰地浮现出风景,是熟悉的风景,是我们的院子。我站在那里,不知所措。

"哎呀,你什么时候拍的这个?"

白纸上面浮现出来的画面令我激动得大叫起来。

"把这个移到这边,这是定影液,接下来移到稳定液里,然后挂起来晾干,照片就洗好了。"

羽织把从药水中取出的照片挂到绳子上,我一直跟在他身后走来走去。

"羽织,你真了不起!你是从哪里学来的?"

"都是从书上看来的,好玩吧?"

得意扬扬地说完后,羽织开始冲印下一个胶卷。我默默地注视着羽织的操作,红色的灯光下现出他认真的面孔。

"我刚开始自己洗照片时兴奋极了,这种感觉真是久违了,于是我又为这样的自己激动不已,都起鸡皮疙瘩了。"

过了片刻，羽织一边操作，一边喋喋不休地讲了起来。我乖乖地坐在地板上，看着他反复将照片浸到三种药水中，然后再一一取出来。

"很开心自己还保留了一点这样的感觉。来东京的五年间，我已经忘记了这种感觉，而且以为自己再也不会有这种感觉了。后来我买了好几本摄影书，希望再多体会一下那种充实感。还有，那台两万日元的相机果然是高级货，就是专业摄影师用的那种，放着不用可太暴殄天物了。"

漆黑的房间里那明亮的红色灯光一直照到我的心里。我一边听羽织说，一边却开始追寻心中浮现出来的另一番截然不同的景象。

我背着双肩书包不停地往前走。回家的路是条热闹的商业街，我喜欢。薄暮初降的街上点亮了一盏盏明亮的白炽灯，许多束灯光交织在一起，照在瞪大眼睛的鱼身上，照在晾衣夹和圆溜溜的橘子上面，简直就像节日里披上盛装的夜晚，所以我喜欢早早给街道罩上薄暮的冬日。在广场上玩了一阵之后，我往空无一人的家中张望一番，逗逗小狗，然后再绕路到别处，恨不能一直玩到天黑。经常因为玩得太疯，制服裙的裙褶都不平整了，似乎唯独那片裙褶格外有分量一样，让我很是难为情。如果姐姐比我先回家，她或许会帮我把裙子漂漂亮亮地熨好，还是小学生的我一边想，一边在商业街上不停地转悠。置身于节日般的灯光的旋涡之中，明明那灯光亮得炫目，却使我感到几分落寞。

"想买的零件越来越多，我用之前的存款买了相机镜头，然后相机就会变得更好玩。买道具需要不断花钱，所以我多打了一份工，是在洗相馆。告诉立人，他可能会看不起我，所以我没说。"

羽织一边把已成像的照片一张一张地挂好，一边说个不停。他那映在红色灯光下的表情的确非常快乐。

"来东京之后，我这还是头一回对一件事如此着迷。玩了五年的我主动买了摄影书，自学了很多知识。"

羽织不说话时，房间便陷入无声无息的沉寂，地板那冰冷的触感使我想起了午夜的餐厅。

"你不是有话要说吗？"

我轻轻地开口,打破了沉寂。

"我真的打算做摄影。虽然我也不知道继续努力学习会有什么结果,但我打算这几天就把居酒屋的工作辞掉,给人当个助手什么的。……我想多拍一些能让自己感动的东西。这五年我一直在玩,我不适合做一个认真学习的人啊,毕竟和人家已经拉开了五年的差距,但我还是想追上那些人。"

把照片全部晾好以后,羽织在我旁边坐下。望着像国旗一样排成一排的照片,我想起和羽织睡在一起的事情,当时他也是这么喋喋不休地讲着自己的事。

"那场傻不拉叽的瞎闹竟成了开端。"想起那个早晨,我笑了。

羽织也难为情地笑了,小声说:"其实无论是什么都可以,只要能让当时的我起鸡皮疙瘩就好,碰巧遇到了照相机而已,就这么简单。所以往后我肯定会忙起来,以补偿玩掉的时光。"

羽织突然站了起来,我跟随他抬起头。

"我想离开那里。"

羽织一边把照片一张一张取下来一边说。他的口气太轻描淡写了,所以我竟没明白什么意思。

"哪里?你说的是哪里?"

"就是咱们三个人的家。"

莫名其妙。他说有话要说,好半天我才明白他要说的竟是这事儿。

"来东京之后我至今都在投靠立人,而且现在还变成了三人一起生活,我从来都没有独立过,也就是一直待在安逸的巢穴中啊。我想:要是让自己彻底独立,是不是会有更多的改变呢?我也说不好。我少有地进行了思考,感觉不能一直待在那里,否则我会永远地依赖别人啊。可是我突然提出要搬出去大概也不太可行,还牵扯到房租的问题呢,所以我想听听智子你的意见。如果我搬出去,你会因为房租增加而感到为难吗?"

我并没太听清羽织的话。我站起来,刚想说点什么时,羽织突然拉开密闭的窗帘,眼前骤然白亮亮一片,晃得我睁不开眼。

羽织把洗好的照片递给呆呆站在那里一言不发的

我。正在出神地看着电视的我和立人的照片在我手中不停地颤抖着。

和羽织并肩走在回去的路上时,我终于理解了羽织想要说什么。他说他要搬出去,要从那处三个人的城堡搬离。

"我会不好办,羽织,你要是搬走了的话,我真的会感到为难,再说你一个人也没什么好的吧?"

"是啊,三万多日元和五万日元的差别还是蛮大的啊。我的朋友们会不会有人想住进来呢?"羽织抬头望着天空,眯缝着眼说道。

"不是钱的问题,是因为羽织你走了而感到为难。"我连忙说。

"不是钱的问题不就好说了吗?你很快就会习惯我不在的日子。"羽织看着我,说道。

"这不是习惯不习惯的事。只有你和立人都在,那里才得以是那里,才是能让我们三个人放松的地方。"

"是我受不了了,那里太温暾了。"羽织说,"待在那里,就会产生什么都不需要做的感觉。怎么说呢,我就是讨厌这一点。"

"这只是你个人的问题吧。就算在那里，如果你想做，怎么可能做不了呢？"

我拼命地反驳他。

"这么说也对。所以说不行啊，因为我做不到。"说完这句话，羽织沉默了片刻，仿佛在斟酌措辞，然后继续说道，"那个地方感觉就像我们的家，孩子离不开父母，父母离不开孩子，太安逸了。"

我完全不明白羽织在说什么，甚至有种感觉，他就是因为想离开我们，所以在硬往上扯理由。他的语气也让我感觉无论说什么、怎么说都是徒劳。

我应该告诉立人，他一定会取笑羽织的：你忘记自己是个没常性的人了吗？你很快就会厌倦的，快别搞这些傻里傻气的名堂了……

我想起羽织在暗室灯光下的那张脸，感觉这样说他着实可怜，但如果能将羽织留下来倒也无妨。

"既然你都把话说到这个份儿上了，还是跟立人商量一下吧。"我不无得意地说道。

为了说这件事，羽织特地推迟了打工时间，他在等立人回来。立人一回来，他就把立人叫到客厅。同跟我说时一样，他用"有话说"进入话题。我也在场，蜷缩在角落里期待着立人对他一笑置之。羽织小心翼翼地字斟句酌，每说一句都沉默半晌。电视画面上出现了不知什么地方的秀丽风光，越过电视，我将视线定格在窗外的夜色中。可能是错觉，我感觉窗外闪过一条细细的雨丝。

羽织的话告一段落，立人不仅没有一笑置之，反而沉吟道："说的是啊！"

"尝试一下一个人大概也不错呢。"

"如果说我一个月后搬走，你会同意吗？还有房租，各种问题挺多的……"

我始终看向窗外，眼角的余光定格在立人身上。立人爽快地笑了。

"会有办法的。你也要好好干哟！"

他吐出的话就像青春剧里的台词。谈话结束后，羽织高高兴兴地去打工了。

"为什么要答应他呢?"

客厅里只剩下我们两个人时,我恨恨地说道。立人吃惊地看着角落里的我。

"你为什么不说他没常性,很快就会厌倦呢?为什么要赶羽织走呢?"

"我并没有赶他走,是他自己提出要搬出去的嘛!"立人匪夷所思地盯着提出抗议的我,继续说道,"当一个来东京以后做什么都提不起兴致的家伙提出来想做点什么时,为什么非要阻拦他呢?何况房租也增加不到哪里去,确实可以解决的嘛。或者你觉得五万日元太紧张?"

"那你为什么还要禁止做爱?不就是为了防止有人搬走吗?"

半旧的磨砂玻璃,地板上散落的杂志,堆满烟蒂的烟灰缸,悄无声息地把我歇斯底里的声音深深吸了进去。

"受到伤害后无奈搬离和有了目标后搬走是不一样的。"

"在这里不也一样可以摆弄相机吗？有什么会干扰他呢？"我站起来大声反驳道。

"他说这里太温暾了。……他在这里是做不成的。我好像能理解。"

立人说完，又盯着我问道："到底什么东西让你如此难以接受？又不是做不成朋友了，随时可以见面的嘛。"

小孩子的玩具不知不觉已不再是玩具，而且羽织自然也不是小孩子了。

我躺在床上，一直到天色熹微依然醒着。仔细想来，羽织搬离这个家也许并没有什么值得大惊小怪的，所谓三人共筑的城堡只是我自以为是的妄想罢了，不能接受三人分开，确确实实是我的私心。这样想着，我闭上了眼睛，却怎么也无法入睡。我辗转反侧，仿佛要见证天色渐渐转亮一般。当意识渐渐模糊、窗外的群青色紧贴眼睑内侧的时候，我听到有人在压低声音说笑，还传来床发出的吱呀声，然后是男人和女人掉进快乐沼泽里的喘息声。是从羽织屋里传出的。

那些声音在我的脑子里回旋着，然后遥遥升起，在眼睑内侧凝聚成像。我循着声音看到一扇门，我看到卧室灯光在昏暗的走廊上垂下长长的光带，光带悄无声息地立在墙壁上，没有影子。急促的呼吸声夹杂着喘息声，一起传入我的耳中。听着这种奇妙的声音，年幼的我眼前便会浮现出某种情景。那是电视上经常播放的合家团圆的广告，全家人并排坐在大大的餐桌前，津津有味地啜饮着咖啡，所以我想应该是咖啡广告吧。一个男低音在说着广告词，大意是如果用餐结束后依然想继续享受和家人共度的美好时光，那就请来一杯咖啡吧。热气袅袅升起，描画出柔和的线条，家人的笑脸镶嵌在那温暖的色调之中。这则将合家团圆渲染得有些好笑的广告在我的心里反复盘旋。多想进入那扇门中，小小的我心想。可是我有一种预感，打开那扇门，甚至仅仅因为被发现一丝踪影，我都会受到呵斥。所以我蹑手蹑脚地回到房间，紧紧闭上眼睛强迫自己入睡。

第二天醒来时已经快到中午了，来到楼下时，立人正在收拾碗筷。

"你再早起一会儿的话,我就把你那份做了。今天我这就要走了,做不了了。"

立人拧开水龙头,往洗碗海绵上倒洗洁精。我走到他身旁,像小孩子告状一样小声问道:"今天早上,羽织房间里是不是有人?"

"啊,"立人露出怪模怪样的笑脸,"你竟然没发现吗?很早以前就开始了,一直是这样。"

我吃惊地看着立人,只见他若无其事地洗着碗。

"我一点左右才睡……"

"那家伙已经很小心地不弄出声音了。我经常写论文到凌晨,无意中发现的。我们也不是为这点事就大惊小怪的小孩子了,况且咱们的规矩就是不干涉。"

"哎,羽织提出来搬出去,会不会就是要和那个女的一起生活啊?既然这样,他还说什么想一个人做点事,真是的,这不是找借口吗?"

立人闪身躲开纠缠不休的我,开始准备穿衣出门。

"我觉得不是。他并非一直带同一个女人回来,而且我认为他说想一个人做事情也是真的。好了,我走了。"

他从我身边奔向玄关,仿佛逃离我一般。

我冲好咖啡来到客厅,打开走廊上的窗户。时近中午,乌云却阴沉沉地笼罩着街区。

羽织做着两份工作,过着昼伏夜出的生活。半个月过去了,我和他很少碰面。趁他洗相馆的工作休息时,我们三人久违地凑到了一起吃晚饭,席间羽织宣布找好了新房子。他的宣布令我的心安定下来了,简直可以说是"太好了"。羽织跟往常一样讲着居酒屋里的笑话,我们跟往常一样笑着。只消拿掉"现在",就完完全全跟往常一样了。

过了九点半,羽织看了看表,站了起来,他该去居酒屋打工了。

"你也忙得够呛啊,"立人说,"大概有生以来第一次这么忙吧?"

"不过,我有生以来第一次感到这么充实呢。日程本上写得密密麻麻，真没想到会这么快乐。"羽织脸上堆满了笑地说道。

"假如羽织你什么想法都没有的话，当真就什么都不会去做了呢。"

我一边听着他们二人交谈，一边慢吞吞地把餐具摞在一起。外面还很冷，羽织却衣着单薄地飞奔出门了。

那天夜里我去了立人的房间。立人从书上移开目光，抬头看着我。

我赶在他问我什么事之前说道："羽织搬走后，咱们俩像恋人那样生活吧？"

立人吃惊地望着我。

"就像恋人那样相亲相爱地生活在一起吧。"

立人默默地站起来，紧紧地抱住了我。大概是因为我哭了吧。倒不是因为寂寞而哭泣，而是因为我知道这样一来我就能安心入眠了，我清楚地知道这样一来，立人会为我做什么。

搬家很简单。羽织不知从什么地方借来一辆小型货车，行李不多，我们三人就搬完了。头一天说是要开欢送会，喝了个通宵，我的头阵阵作痛。羽织一副宿醉未醒的模样，脸上却挂着愉悦的表情。我们往货车上搬完行李，立人去冲三个人的咖啡，我和羽织默默地站在货车前面。

"要是觉得寂寞，记得随时搬回来啊。"

我打破了令人尴尬的沉默。羽织露出苦笑，随话语吐出的气息变成白色："托你的福，我再次体会到了离家出走的滋味，第一次是离开乡下的时候，我老妈和你说了同样的话，然后一直站在玄关外面。我跟她说太让人难为情了，让她赶紧回家，她却依然不肯回去，一个劲儿地唠叨着蔬菜煮着吃比生吃要健康啦，新出了加海鲜的味噌汤，记得去买啦，马上要离开了，怎么还这样说话啦，……我当时应该是离家出走的，现在又变成那时的心情了。"

我想象着当时的情景。

"没错，"我在心里说，"你又把我们全部丢下，扬长而去了。"

这时，羽织仿佛看透了我的心思，小声说："可是，这里毕竟不是家啊。"

仿佛要回击他那张天真无邪的笑脸，我连珠炮般说道："要是想吃立人做的饭了，就赶紧回来，咱们还是三个人看着电视一起吃吧。你可以不用交回钥匙，以便随时能进来。你那里也没有洗衣机吧？回来洗也没关系的，还有……"

"不喝咖啡了吗？都要凉了！"

立人在家中喊，打断了我的话。

我和立人提出要送他到新公寓，羽织连声拒绝，丢下一句"再联系啊"，便上了小货车。

"喂！"没等羽织发动引擎，我喊道。羽织听到后，摇下玻璃窗。

"为什么是相机？为什么非要一个人做？"

"眼下好像一时半会儿还死不了，所以必须做点什么。"羽织一边发动引擎一边回答。

羽织冲我们扬扬手，打了下方向盘，小货车转眼就只剩下背影。货车卷起的冷风让我嗡嗡作响的脑袋一阵一阵地疼。疼痛中清晰地浮现出昏暗的洗相馆里红色灯光下的羽织的脸。

感觉羽织离开后的家空旷得出奇。羽织的房间里已经没有一件属于他的东西了,我害怕到没有勇气打开那扇房门。正想买三个葡萄柚,却又猛然醒过神来,在把其中一个放回货架上时,我的手突然颤抖起来。我竟寂寞到这般地步。

过了好久,我什么都不做,就这么一个人待在家中。我没有打开电视,也没有打开音响,一直坐在安静的空气中。我摊开广告盯着看,虽然也想打份工,但却提不起任何兴致。就这样,每天的生活自然而然地成了等立人回家。因为我每天都待在家里,所以比以前更准确地掌握了立人回家的时间。还有十分钟,先把房间暖好,往热水壶里灌上热水,再去租个有趣的录像带吧。我很高兴自己逐渐有了这样的心情。随着立人回家的时间一分一秒地临近,羽织不在的"空旷"也仿佛随之一点一滴地被填满了。

立人有时会准点回来,有时不会。没有回来时,我会感到有些失望，趁着失望还没有扩大，没有将我的心占满，赶紧睡觉。睡觉既是我的特长，也是我最为幸福的时刻。我老老实实地等待睡眠将我完全吞噬，然后迎来早晨。

夜里，我会理所当然地钻进立人的被窝里。我根本不去问自己是否爱他，只要立人在我身边，我就能安心地沉睡，就能不需等待地迅速入眠。我想：仅仅这样就很好。立人也什么都不说，他绝口不提我们抱在一起的理由，就像习惯于开开心心做饭一样地抱住我。我和立人仿佛在远离爱情的地方手牵着手。

我躺在潮湿的被子里侧耳倾听，感觉的确只有我们两个人。隔壁羽织的房间里，空旷得仿佛有灰尘飘落的声音在回响，好可怕。我抱紧立人，立人像哄小孩子一样轻轻拍打我的背。这有规律的节奏将我带入梦乡。

我应该从未有过这样的感受和这样的感觉，却莫名其妙地怀念起来，仿佛孩提时哭闹着索要的一块不起眼的手帕终于拿到手了一样。

立人很多时候都在被窝里呆呆地想事情，我讨厌这种时候的安静，会经常问他在想什么，有时候他会回答我，有时不会，但有一次他谈起羽织："羽织从这里离开时，他说过眼下好像一时半会儿还死不了，是吗？我又想起来了。"

立人房间里有个大大的书架，上面整齐地收着早就被我扔掉或者卖掉了的课本。他居然还在学习呢，我想，而我已经忘了自己也是学生。我一边望着书架一边听他说。

"我觉得相机对他来说其实并没有那么重要，那可能只是一个引子吧。的确，这一时半会儿还死不了，必须做点什么啊。"

立人眼望着窗外，若有所思地说。黑夜阒无声息地绵延横亘，让人几乎把圣诞节快要来临一事都忘到了脑后。

"我在想，研究生毕业以后我到底能干点什么呢？到死之前的这段时间，我总得做点什么吧。迄今为止我只是在学习，一直读到了研究生，一想到毕业后的事情，我就无法平静。"

"我不那样想。"我说，"我认为活着就是玩儿。羽织就是发现了这一点，他觉得眼下到死还有时间，所以必须玩儿，而且既然是玩儿，就只有争个胜负才好玩儿。"

立人默默地听着。

"要说能做什么，什么都可以啊，明白自己做什么才能玩儿得开心就好。"

"你可真幸福啊！"立人突然说道。

我笑了，我想他并没有理解我说的话的真正意思。同样，我也没理解他真正在思考什么。不过他在我的眼前，在我能够摸得着的地方，这样我就满足了。立人的身体温暖得让我几乎忘记了现在还是冬天。被子外的空气冷得能把人冻透，我却能够不去理会。

和立人抱在一起时，我经常会想起羽织，这种时候我便会真真正正地感受到幸福。小时候看过的那则广告上，袅袅升起的热气中，一家人手拿咖啡杯，笑意盈盈地坐在大大的桌子前。我感觉自己被整个地收进那幅画面之中了。对我而言，做爱就是这么回事。

为了回家过新年，立人年末就回乡下去了。姐姐给我打电话让我去她家，我却不想去，一个人待在大得有些过分的家里打发时间。立人不在，我便一直开着电视。置身于这静悄悄的家中，因岁末和新年热闹起来的世界仿佛在十分遥远的地方。

我在厨房洗盘子，客厅里传来的电视声音十分吵闹，莫非立人或者羽织回来了？我关上水龙头，然而回过神来，才发现原来是自己一直开着电视。这种情况时不时地出现。

我恍恍惚惚地坐在房间里，想起了许多事情：晚上和立人、羽织三人一起散步，他们讲恐怖故事，吓得我像小孩子一样不敢去厕所；从大件物品垃圾堆里捡回被炉时还是夏天，一边担心它爆炸，一边战战兢兢地插上电源，被炉"啪嗒"一下变红时我们高兴坏了，大夏天的就烤起火来；今年第一场雪那天，我们像野狗一样飞奔出门，在雪地里来回奔跑。

明知道无论怎么追忆、怎么凝神眺望都无济于事，我却依然恍恍惚惚地盯着心爱的百宝箱着迷。

新年过完了,开年头三天也过完了,立人却依然没有回来。七天年假结束那天,我再也沉不住气了,心神不宁地在房间里踱来踱去。第九天的时候,立人打来了电话,我咬牙切齿地问他在什么地方做什么,他却说还在乡下。我问他何时回来,他却不再回答。过了一会儿,立人说:"我想离开那里了。"

立人接下来的话从话筒和耳朵间的空隙摔落,没有清晰地进入我的大脑,过了好几秒钟,才缓缓地逐字进入我的脑中,宛如在东京和伦敦之间进行转播。

"要是我离开了,你一个人很难继续在那里住下去吧?很抱歉我擅自做了决定,但是还请你再找个住处好吗?都怪我只考虑自己,所以无论你需要钱还是需要帮助,我都会竭尽全力。"

只有这些话进入我的脑中,我却把这些没头没脑的话收进抽屉里,然后加了锁。

"你什么时候回来呢?"

我的问题让立人一愣，随后他回答说这两三天就回来。我拜托他回来的时候给我买年糕。

"只要待在这个地方，就与新年全然没有关系了，但我还是想吃杂煮，帮我做你们家乡的杂煮吧。"

立人没有回答，说了句"我想一月底搬走"，然后便挂断了电话。

立人说他现在还在乡下，我觉得他在撒谎。

放下听筒，我呆呆地坐着，想起了从前我家的和室。

我成长的家酷似车站，就像通勤高峰时很多人蜂拥而至、口香糖和空易拉罐满地乱扔的乱糟糟的车站。厨房里堆放着脏乱的盘子，闲置的榨汁机、咖啡壶，枯萎的观叶植物之类的东西杂乱无章，落满灰尘。客厅里堆满了母亲华丽的衣服，杂志和唱片长了腿一样到处都是，走廊里挂着几幅无趣的画，角落里的毛发和灰尘缠绕在一起守护着我的生活。

从我记事起，家里就有许多人进进出出。很多人像被车站的检票口吸进去一样会聚到我的家里，这让小时候的我十分快乐。他们有的记住了我的名字，有的记不住，有人送我玩具或布偶，也有的人完全无视我的存在。等到渐渐长大，我开始发现他们并非我的"家人"邀请的客人。他们是不请自来的客人，是母亲的秘密男朋友，或者是偷偷来找父亲的心机女。父亲不太着家，正好给母亲提供了方便，她随心所欲地把男人带进自己的家中。父亲憎恶变态的母亲，母亲也不示弱，声称自己和父亲只不过是被一张盖了印章的纸片联系在一起罢了。所以我的家就像车站，像沉没在影子、数不清的纸屑和嘈杂声中的车站，而不是每个人都可以驻足小憩的洒满阳光的公园。

但是我家最里面有间和室，只有那里还保留着一方宁静。那里太阳照不进来，阴暗潮湿，给人一种阴郁感，谁都不愿踏入，所以那里没有散落的物品。因为不开窗，也没有灰尘。那个房间就像和家里完全分隔开来一样，没有家具，也没有装饰物。当不想让新男友看到一片狼藉的房间时，或者连表面的收纳都懒得做时，母亲会看中这里的安静，把客人带到这间和室里。

就是因为这些事，我极度讨厌这间阴暗潮湿的和室。但是在那一刻，我感觉自己仿佛就站在那里，站在那间和室里。

父亲渐渐不回家了，母亲很快也不着家了，姐姐出嫁了，我觉得自己就这样一件一件地失去了什么，然后整个家变得跟空无一物的和室别无二致。

只不过之前我把那些事全部忘记了，因为和同学合租的这栋破旧的房子已经变成足以使我忘掉这些悲观想法的地方，然而如今我虽然置身于幸福的城堡，却再次想起了那间和室。那间和室在我的心里再次复苏，和室中的昏暗在我的心里张开了血盆大口……

立人没有在两三天之内回来，却有一个女孩子找上门来了。听到敲门声，我满心以为是立人，赶紧把门打开，谁知对面竟站着一个陌生的女孩子，令我失望透顶。

"我叫藤田英惠。"她首先自报家门。

我正思索着在什么地方见过她，她却单刀直入地说:"我可以进来说话吗?"

不等我回答,她已经走进玄关。

同样是速溶咖啡,我冲出来的和立人冲出来的却不是一个味道。真不知道是怎么回事!是让别人给冲的就格外香甜,还是立人有什么特别的冲泡方法?……我一边思考这些问题,一边给坐在客厅里的女孩儿端来咖啡。

"可以关上门吗?"经她一说,我才发现走廊边上的门大敞四开着。

"好的。"我答应着,嘴里呼出的气息变成了白色。

她关上门,在我面前端端正正跪坐好。

"挂一下大衣吧。"我对穿着驼色大衣的她说道。

然后我起身把门楣处挂着的衣架取下来,她制止了我。

"不用了,这儿太冷。"

"冷?我一直在这里,挺暖和的啊。……要是你觉得冷,进被炉里吧,现在还开着。"

"不用了,我穿着大衣。"

她的语气就像拿着锋利的菜刀唰唰地切黄瓜一样，感觉我一直守护着的家中的岁月静好仿佛被她锋利的刀刃切得稀烂，我无法对她产生好感。我不再招呼她，也不再主动开口，而是重新坐到她面前。她的刀刃与立人的电话隐约间被画上了等号。

"有个问题想问你，你是立人的女朋友吗？"

见我盯着她垂到前胸的长发，她轻启朱唇问道。

"不是。"我回答。

"我们正准备交往，但是我觉得这种生活挺奇怪的，要是那个叫羽织的人还在倒也罢了，现在只有你们两个人吧？我不希望在这样的状态下和他交往。"

她利落的语气仿佛在说着经过深思熟虑的台词。这个自称英惠的人早就想好了要对我说的话，然后才毅然决然地找上门来，我想象着这番情形。这样想着，我感觉自己是个恶人。

她说，立人和她在大约一个月前偶然相遇，彼此喜欢，只有这个家是她无论也如何理解不了的，所以她数次劝立人搬家，这样她就能心无芥蒂地和立人交往了，但是立人似乎没有搬家的意思,这让她火冒三丈,于是便来找我谈判了。

"谈判"这个词无论如何都和这个家里的气氛不吻合,只有这个词无处可去,在我眼前茫然地盘旋着。地板上的杂志,即将到来的深冬,还在等立人回来的厨房,我们三人一起捡回的被炉,还有这个家里的空气,为了守护这一切,我用力说道:"我和立人之间没有所谓爱情呀恋爱呀这些东西,这样说可以了吧?立人离开这个家,他住到哪里也好,或者和你组成家也好,你不觉得都是一样的吗?"

她皱起眉头看着我。

"'家'是什么?我可没说要和立人一起生活,我只是讨厌他和一个不是他女朋友的人在这里生活,况且你又不是他的父母或者兄弟姐妹。"

这太困难了,我想。这个家里存在一种不断膨胀开来的没有踪影的形式,我根本无法让一个没有和我们共同拥有并一直用心守护它到今天的人理解我的话,而且世界上根本不存在这种东西,从这一点来说,我也能理解我们的生活何以不正常。虽然我和立人睡在一起，但无论对立人还是对我来说，那都不是做爱，而是合家团圆的广告。我也知道，如果我这样说，一定会被当成疯子。

"没关系，立人已经说了要搬出去，他说这周就搬走。"

我看见自己抛出的话给她的表情蒙上了一层安心的面纱，她终于拿起咖啡杯啜了一小口，然后站起身来。

"我知道了，就是说你已经答应了，对吧？贸然来访，抱歉。"

"一起在这里生活吧。"我注视着走在走廊上的她那纤瘦的肩，话在不经意间脱口而出，"我和羽织第一次见面也能相处得很好，而且你也知道我不是他女朋友，所以不可以吗？以前我们三个人在一起能过得很快乐，所以我想，如果再次三个人一起生活也不成问题的，只不过要禁止做爱。"

我说道，仿佛打开一盒拼图的盒盖一样充满期待。她的背影突然止步，却仿佛什么都没听到一般穿上鞋，头也不回地扬长而去。

我呆呆地看着她喝剩的咖啡，伸出手指把口红印揩掉。感觉不知从遥远的哪里刮来一阵台风，卷走了家里的屋顶。

那个自称英惠的女人或许就是我有一次在电影院遇到的人。我想起来了，就是我破天荒和立人一起去看电影那天，记得是圣诞节临近的时候。因为是一部被大捧特捧的电影首日公映，还必须跑到日比谷去看。

就在我找出零钱想买瓶果汁时，身后传来一个夸张的声音："呀，没想到会在这种地方遇见你！"

"还真是。你一个人吗？"应答的声音是立人的。

"是的，你呢？"

"我和朋友一起。"立人说道。

"朋友"——我按照他的回答做出老同学的表情，悄然转过身来。其实，如果要用什么话概括一下我和他的关系，或许只有如此了。我转过身，他和他那个朋友却不知为何没和我打招呼，我只好拿着果汁在稍远的地方干站着。什么小论文写得怎样了，问卷收集得如何了，她和立人的谈话就像对暗号一样。彼时我才发现自己对家以外的立人一无所知。

"那我借资料给你吧，回见！"女孩子结束了对话。我拍了拍目送她背影的立人的肩膀，他吃惊地转过头。

"是你朋友吧？真巧啊。"

"嗯，你吓我一跳。进去吧。"

假如立人有了女朋友，他会向我介绍的吧。我坐在没入黑暗的影院卡座上思索着，或许是因为立人吃惊的表情令我感到吃惊。相反，如果我有了喜欢的人，可能会喜滋滋地告诉立人吧。就像我愿意跟他汇报和羽织的那一夜一样，我可能会把人带回那个家中介绍给他。

是否真如当时所想，她就是立人的恋人呢？当时真应该仔细看清楚。不对，也许是完全不同的另一个人。无所谓了，是当时见到的那人也好，不是也罢，是谁都一样，反正都是从外面突然刮进来的台风。电视里突然跳出一阵笑声，我关上一直开着的电视。凝望着笑容消失掉的黑箱子，我猛然站起身来。

还不到五点，天已蒙蒙黑。我走进放着喧闹音乐的超市，可是当我望向货架上的西红柿和莴苣之类的蔬菜时，心情却变得阴郁，所以我又走了出来。空气冷得很，抬头看看天，明明这么冷，落日余晖中的云看上去却是很温暖的橙色。很多人出来买晚饭，我信步走在热闹的商业街上，来到车站前，在自动售票机上买了票，漫无目的地乘上了车。

上行电车里面空荡荡的，暖气开得很足，有些热。我站在车门旁边，看着被晚霞染成红色的屋顶不断倒流而去。羽织的家在哪一片呢？刚才那个女孩子的家又在哪一带呢？

我刚才是不是应该撒个谎呢？假如我说我是立人的女朋友，那个女人是不是就会老老实实地回去呢？但是我不想靠撒那种谎去和一个陌生的女孩子争抢立人。那种为争抢一个人而高声对骂的混战发生在姐姐和母亲之间已经足够，我不想让昔日看到的情景再由自己反复扩大。

"到我家来吧。"

循着背后的声音扭头看去，对面的椅子上孤零零地坐着两个流浪汉模样的男人，溜进我耳朵里的像是那个块头较大的男人在跟坐在他旁边的小个子说话的声音。也许是心理作用，感觉一阵特殊的气味扑面而来。他们身上肮脏不堪的工作服、黑不溜秋的皮肤、沾满灰尘的乱糟糟的头发都让人产生那样的感觉。

"嘻，我有个老姐，虽然她唠唠叨叨，但你别往心里去就行，我早习惯了。嘻，你也该成个家了，你整天这个样子在我身边，真让我担心死了。"大块头男人眼望着半空说道。

我轻轻将视线从他们身上移开，背后却传来那个嘶哑的声音。

"你嘛，又不是我弟弟，才懒得管你，你嘴上这么说，有什么事不还是会跑过来吗？真是的，其实根本照顾不到我，连生活上都帮不到我。怎么样？来吧，可能还是这样比较合适。"

我缓缓回过头去，小个子男人弓着背，目光空洞呆滞，只有身体在不停地轻轻晃动。

"喂，我都说了，来我家吧！"

大块头紧盯着他，小个子男人用破破烂烂的工作服衣袖擦了擦鼻子下面。

电车停了，门打开了，我下车后再一次回头看向他们，喋喋不休的大块头和只是身体在不停摇晃的小个子男人被关进了玻璃窗对面，缓缓地流淌而去。

走出检票口，我走上站前那条长长的商业街。夹杂在川流不息的人群中，我走进一条充溢着油炸食品的油腻气味和活鱼的腥味的小路。我忆起童年时边逗小狗边往空房子里张望的那些日子，忆起了在商业街上转来转去，焦急地等待天黑的那些日子。店门口垂挂着的塑料门帘和电灯泡，比每个月银行转账的数字更让人觉得亲切和充满现实感。

小小的商业街被大马路切分成了好几块，再往前是灯火通明的住宅区，于是我沿着来时的路折回，又买了一站的车票，漫无目的地沿着下一站的商业街转悠。擦肩而过的主妇的面孔与今天见到的英惠的脸重合在一起，我感觉提着购物篮的女人仿佛随时会冲我说:"你做的事情太奇怪了,赶紧离开这个家吧。"实际上无论是这个擦肩而过的主妇还是英惠,对我而言都一样。

蓦然间我仿佛记起了什么,为了抓住这隐约萌发的记忆之芽,我装作要看水果,在一家生鲜店门前驻足。

"这里是天堂"——脑子里最先想起的是这句话。这是在什么地方听到的呢?凝视着红彤彤的苹果,我的眼前浮现出被这句话牵引出的光景,那就是我们三人一起看到的电视画面。

在天空尚未褪尽墨蓝的清早,十几个人在清冷的马路上围坐成一圈喝酒,记者正在采访他们。

"这种生活感觉如何?"

被围在中间的一张红褐色的脸膛儿出现在画面上,此人舌头僵直地回答:"棒极了哟,棒极了!"

旁边又插进来一个声音说:"这里是天堂。"于是镜头转向旁边的男人。

"极乐世界哟,真的。"他牵动着脸上的皱纹,爱搭不理地喃喃道。

"不会感到寂寞吗？"

"寂寞啊，寂寞哟，你说的是。"

是的，当时他说他寂寞。离开家，并将心中的那个家捣毁，然后再重建一个家庭，和陌生人、和彼日彼时在身旁的人举杯欢度。这里是天堂，然而他们说感到寂寞。

"太太，要买苹果吗？"

有人搭话，我抬起头。

"嗯，我家就两口人，一半就够了。"

到家时天已完全黑了，夜幕下，远远地看见家中亮着灯，我赶紧开足马力撒腿飞奔，苹果在塑料袋里哗哗作响。

打开门，客厅里的灯光和电视的声音延伸到走廊。我心急火燎地脱下鞋，来到客厅，迎接我的不是立人的"回来了？"，而是正在往瓦楞纸箱里塞行李的立人的背影。

"今天你女朋友来过了。"我倚在拉门上说道。

数日未见,立人的声音依然一如既往地波澜不惊:"忘记买年糕了。"

他依然背对着我。

"挺漂亮的嘛,长头发,大眼睛。"

"嗯,"立人不置可否,然后继续说道,"房租我会交到下个月,你慢慢找房就行。抱歉。……你也一样,和一个不是自己男朋友的男人住在一起,会永远找不到男朋友的。"

立人回过头,露出辩解似的笑容。

"说的是啊。"我也冲他笑,"你和那个女人什么时候开始交往的?"

"还没交往呢,而且我也不知道会不会和她交往,不过她好像挺喜欢我的。她是个心直口快的人,没吓着你吧?"

"那你为什么要离开呢?"

立人一边擦拭散落在地板上的几张唱片上的灰尘,一边和声细语地说:"羽织搬离时你也这样问过吧?你不明白羽织为什么会搬走,肯定也不明白我为什么要搬走吧？"

"不明白。"

立人抬头看着我，然后站起身来。

"弄得满是灰尘，我这就开吸尘器。"

说完，立人从我身边走了过去。唱片被随意丢在纸箱里，只消合上盖子就好了。折叠餐桌和电视还是老样子，只因为多了瓦楞纸箱，房间似乎莫名其妙地变得空旷了。我恍恍惚惚地扫视着稍作了整理的房间，立人把吸尘器拿过来，放到了我眼前。

"智子，你是不是还不会换吸尘器里的纸袋子啊？我来教你好吗？"

立人在我面前把吸尘器打开。

"你只要这样子按一下这里，袋子就取下来了，很简单的呢。新袋子装到这里，然后把这只手松开。你看，装好了。"

他半开玩笑地操作着，这要是放在往常我会笑，可是现在我的心里阵阵绞痛，连吸尘器都不敢看。

立人把插头插入插座，出其不意地说："傍晚的时候我见到羽织了。"

我抬起头。

"真的吗？在乡下见到的吗？羽织还好吗？"

立人点点头，小声回答："还好。"

他现在日子过得如何？照相机的事情怎样了？我有许多问题想要问，吸尘器发出的轰响却让我无法开口。

"一起睡过，却并不是恋人啊。"

轰响中突然夹杂了立人的声音。我一下子没听懂这句话的意思，但很快这句话便与英惠的话重合了："你是立人的女朋友吗？否则这种生活就太奇怪了。"

我顿时大怒，一下子拔掉吸尘器的插头，电视的声音突然大了起来。

"什么意思？借口吗？你想为毁掉这个家找借口吗？"

立人的视线从地板上移开，问道："你喜欢我吗？"

"喜欢啊，非常喜欢。"

我回答道，虽然搞不懂他在想什么。

"你把我当男人？当恋人？或者呢？家人吗？就像对羽织那样？"

我看向立人,可是因为电视画面的色彩太过斑斓,我无法看清立人的表情。

"我想三个人……,加上他,继续三个人一起生活。什么喜欢不喜欢的全都不去理会。"

我急切地说着,也不去看他。从我的喉咙里发出来的声音细若游丝,仿佛从井底捞出的一根线一样。

"不要再说了。"

仿佛要扯断这游丝,他轻轻却又不容置疑地说道。

是什么东西在什么地方出错了呢?线在什么地方打结了呢?我从未想过自己一直以来到底在做些什么。或许是立人拜托那个女孩子来这里的,为的是让我亲口说出我们不是恋人的事实,为的是从这里搬出去。我定定地盯着立人,一言不发。然而,立人注视着我的僵硬笑脸和画面中那张笑着说"这里是天堂"的红褐色笑脸仿佛交叠在一起。

还能入眠吗?我想。

关上灯,钻进被子里,澄澈的夜空紧紧地贴在窗户上。我今天还能入睡吗？身边一片沉寂，仿佛黑洞洞的水井在无限绵延。沉寂中，从某个方向传来收拾行李的窸窸窣窣声。置身其中，我还能入睡吗？

入睡以后，一切将由我做主。我拼尽全力地回忆那幸福的睡眠，回忆那在柔和的日光中闭上眼睛的美妙滋味。

闭上眼，眼前的两片黑暗汇在一起，种种画面浮现出来。照在羽织身上的红色灯光，陷入沉思中的立人，羽织的照相机，难懂的教科书，姐姐屋里摆放整齐的拖鞋，堆满外卖盘盏的厨房，身体轻轻摇晃的无家可归的流浪者，横躺在阴湿的和室中睡去的自己，……我深吸一口气，然后吐出，希望能把这一切都抹去。种种画面随着气息被吹走，黑暗再次弥漫。

快了，快了。

远方传来笑声。是的，这一定是梦的入口。

白亮亮的草原朦朦胧胧地浮现，绿色的叶子随风摇曳，草原上笼罩着浅浅的日光。草原向着远方无限绵延，对面白亮亮的，与天空汇成一片。有什么东西在青草间活动,刚要汇在一起,转眼却又分散开来,斑斑点点地继续四散活动。是孩子。好多孩子在四下奔跑,笑声像苏打水泡沫一样四处飞溅。他们不停地奔跑,在高高的青草间时隐时现。他们在做游戏吧?是捉迷藏,还是踢罐子游戏呢?

"回家吧!"

正在奔跑的一个孩子突然停下来,尖着嗓门大喊。

"真的呢,已经这个时间了,回家吧。"

"回家吧"的声音此起彼伏,仿佛重唱一般。

"喂,你不回家吗?"

其中一人问一个穿红衣的小女孩。小女孩低下了头。"拜拜"的声音汇成圆圈,然后又扩散开来。

"我不回家。"

等小女孩抬起头时,周围已空无一人。她知道,自己也必须回家了,因为已经到了回家的时间。

"无所谓,一个人也能玩。"她小声说着,嘟着嘴蹲下去揪起草来。

"马上该回家了,一定要回家的。……可是,不想回家。"

　　小女孩的嗫嚅声在被夕阳渐渐染成金色的草原上不停地向着远方扩散……

无忧天使

1

帕洛玛·毕加索的蓝宝石戒指，都彭的彩色钢笔，猫爪咖啡桌，六十年代的台灯，印满烂漫春花的床单，迈森的茶杯和托盘，带天鹅图案的罐头，有鱼儿游弋其间的水蓝色鸡尾酒调酒器，木雕珠宝首饰盒，绢绸质地的睡衣裤，装饰着绸缎的晚宴手包，装模作样的瓶装香水，艳丽得令人联想到曼陀罗的枕套，镶在金色画框中的拙劣画作，意大利风格的彩色毛毯，印度棉的地毯，镶珍珠的时钟……

面对这些琳琅满目的商品，我的时间瞬间凝固了。往来穿梭的人群全部消失，地板上只剩下我和这些陈列品。我不需要把它们拿在手上品鉴，映入眼帘的陈列品傲然待在那里，仿佛确信足以被我拿在手里。

像样的思考不知被挤压去了何处，我的大脑一片空白。在那片雪白的空间里，只剩下那些陈列品呼唤我的声音在回荡。循着呼唤声，我依次拿起进入视线的陈列品。担心看漏什么，我带着野兽般的贪婪，乘着自动扶梯，一遍又一遍地在一至六楼之间往返，不厌其烦。不久，响起空寂的音乐声，百货店结束营业了。我一步一回头地走过通向外面的大门。

太阳升到头顶时，我走进百货店，穿过出口时，太阳已隐没在高楼之间的缝隙中了。这让我的内心有了着落，心满意足。

我把从肩上滑落的纸袋子重新推上去，挪了挪嵌入手腕的纸袋子，然后走到马路上叫出租车。

在玄关处卸下购买的东西，我大声喊妹妹的名字："纱织、纱织——"

喊声穿堂而过，然后飞上楼梯，又顺着走廊向前滑行，妹妹却没有回答。我脱下鞋，沿着客厅、厨房、和室，一直找遍妹妹的房间和洗手间，却都没有人。

可以向其炫耀今天的战利品的对象不在，心中膨胀到一半的期待开始萎缩。我无奈地走到厨房，拨开堆积如山的杂物，往壶里倒上水，放到火上。我记起父亲应该买过塞夫尔的成套茶具，于是动手翻找那堆成小山一般的物品，那都是家人四处物色来的各种物件。那些东西堆满饭桌，地板上也堆成了小山，简直令我心生佩服：这世上竟然存在如此琳琅满目的食材和厨房用品。我一边走一边留心寻找塞夫尔的茶杯，仿佛在大地震后的百货店里逡巡。

水烧开了，壶发出尖锐的悲鸣，我也终于找到了茶具。它被扔在吧台餐车旁堆放的瓦楞纸箱里。父亲买回它时如同喜得贵子一般，茶具本身霸气的蓝色也很有韵味，可是爸爸既没摆放也没使用，而是拿薄纸包起来，悄悄收进箱子里了。我郑重其事地冲好红茶，然后把茶水倒进霸气的蓝色中。

我来到客厅，客厅里也是一样，需要躲避着堆放的物品下脚。我在沙发上腾出一块空地坐下来，然后打开歪倒着的三台电视机的开关，一边思考妹妹去了哪里，一边喝了一口甘美的红茶。她是不是像我一样奔波在某处的百货店里呢？或者去了真守家里？后者的概率大得多。因为百货店早已关门，而且若是那样，被赶出店门后，妹妹应该飞奔回家，在这里向我展示她的东西才是。

真守是妹妹的男友，是住在本市的高考复读生。妹妹曾带我去过几次他住的公寓，他的房间有六张榻榻米那么大，里面只有被子和书，阳光照不进来。我曾觉得不可思议：纱织竟会在这么寒酸的房间里失去童贞。不久之后，妹妹给那间六张榻榻米大小的房间买来能做年糕的电饭煲、被子干燥机、带天气预报的吸尘器、带BS调谐器的大型电视和带空调的心形被炉。不知为何，好像还买齐了无绳电话、情侣浴衣和拖鞋。妹妹就这样完美地构筑起局促却舒心的爱巢。可能是厌倦了走、坐都需要拨开成堆物品的家，她最近总是在外留宿。

我想起妹妹房间里带华盖的床。她整天吵着要买，四处打听寻找，最后费尽周折才弄到手，可是如今那张华盖床横在妹妹房间里，妹妹连床单都没给它换过。

我伸了个大大的懒腰，环顾屋内。一大堆衣服鞋子横七竖八，没有喝完的威士忌酒瓶塞着瓶塞倒得满地都是，中间还零散地放着设计奇特的椅子。哥白林织锦挂毯被卷起来立在那里，巨大的本杰明延龄草和椰子树半死不活，气生铁兰却长势茁壮。台灯倒了，垃圾箱里插着杂志，巨大的月亮形穿衣镜歪斜地照着房间。被丢出去的竹帘上面有几双正装鞋，面对面地歪倒着，精心打造的庭院造景端坐在那里，镶嵌着化石的顶棚倒下来，压扁了泰迪熊的鼻尖，道具鲸和绿木马被亲密地并肩摆放在一起。几把素陶壶东倒西歪，壶里插着几个色彩鲜艳的印第安人偶，顺着人偶的视线看去，不知名画家的静态画正栩栩如生地凝望着外面。古旧的跳箱上面，古董收音机和弹球盘和谐共存，到处都是邋里邋遢张着口的零食袋子，甚至还有齐颈的红色假发套，这令我不禁失笑。至少在我眼中尚行事稳重的父亲戴着这个东西，穿上华丽的礼服裙，男扮女装地在全公司人面前酩酊大醉地跳舞，引得大家哄然爆笑。如果把堆成山的东西翻个底儿朝天,大概还能找到父亲穿的那件黑色透明薄纱内衣。

这样的日子已经持续一年多了。

那天晚上,我和我的家人,还有亲戚们身穿黑色衣服聚在一起,静静地看着细瘦的烟囱冒出的黑烟飘散而去。那黑烟像极了母亲的身体,纤瘦无力。

仪式结束之后,愈加安静的家中只剩下父亲和我们姐妹俩。父亲默默地叫了外卖,点了比萨、寿司和怀石料理,我们无声地吃着送来的饭菜。

如果这没完没了的胡闹有个开头,大概就是那个安静的夜晚了。

我抬头看向天花板。天花板再普通不过,却让我莫名感到放松。

第二天早上,我被响个不停的门铃声吵醒,这才想起自己在客厅里睡熟了。我从压在身下的一堆皱巴巴的新衣服中抬起头,衣服已被我的口水打湿。我一边擦拭嘴角一边打开房门,门外站着三个身穿土黄色工作服的男人。大概身穿皱巴巴的衣服、脸上尚有睡痕、正在擦着口水的年轻女人令他们觉得稀奇,他们呆呆地站在那里盯着我看。

"什么事?"我用沙哑的声音问道。

"我们过来安装浴缸。您指定的日期是今天吧?"一个看上去像是头目的中年男人爽朗地应道。

"浴缸?……啊,拜托了!"

我把门敞开得大一些,他们却一动不动。

"浴室在头上右拐,踩着这边走完全没问题。麻烦你们了。"

我说得够明白,简直有些卑微了,他们这才终于往前走了一步。

"动工之前,我们还需要说明一下日程的问题。"声音爽朗的男人说道。

"哦,不好意思,我没太有时间,所以还请省略这些直接施工吧。"

丢下这句话,没等他开口,我就快速走进客厅。

"好家伙!"

"没事儿吧?哎呀。"

他们走过走廊时的嘀嘀咕咕,一字不漏地传到了打算继续在客厅里睡下的我的耳中。

不久便传来轻微的噪音,我起身匆匆地打扮好。

"我有点事需要出去一下。如果你们干完了我还没有回来,就请先回去吧。辛苦了。"

我在手边的床单上用很大的字写完,然后把它展开放到浴室前,蹑手蹑脚地离开了家。春日和煦的暖阳照得人浑身舒坦,我走上了大马路。

总共四层的大楼每一层都埋在画布里,光亮可鉴的地板踩上去吱吱作响。我从一楼开始一层一层地逛。一排排陈列架井然有序,宛如教室中排列整齐的课桌,每一个架子上都五彩缤纷。穿制服的高中生和抱小孩的主妇带着目标明确的眼神与我擦肩而过。

我在寻找一种宛如房间沉入海底般的美丽蓝色。我已拥有深浅不一的各种蓝色颜料,它们由不同的材料制成。我在楼里转悠了很久,不紧不慢地寻找着蓝色,到了四楼后再一次返回一楼。

最终我买了五种不同的蓝色颜料,然后走出大楼。

太阳依旧当空，大楼前面的路是步行街，往来穿梭的人群熙熙攘攘。我抬头看了看天，然后扭头寻找附近的百货店。

穿过正对着马路的百货店入口，冷空气唰地将我包围。开阔的楼层里顾客盈门，我在入口处停下脚步，悄然环顾四周。到处都是陈列的展示商品：眼前是金银首饰，身后的柜台上摆满了五光十色的化妆品，左边是颜色素净的时装店，右边是五颜六色的流行款帽子和围巾，……它们都在静静地等候我的光顾。我顿时情绪高涨，简直想高呼万岁，拔腿跑向它们。那些排列整齐的陈列品令我既兴奋又安心。为了回应每一件物品，我大步流星地从一个柜台奔向另一个柜台，递上卡，接过商品，连签名的时间都觉得是种浪费。我还撞到了好几个正在开开心心购物的人，他们向我投来不满的眼神，但是很快我就看不见这些了。我和来路不明的诡异空气团撞在一起，跌跌撞撞地奔向商品。大脑中渐成一片空白，我却把那片空白淘洗干净，一心只想努力听清商品的召唤。

乘坐升降电梯去五楼的时候，我突然愣住了，因为我在摆放着筷子、砧板和不锈钢漏盆的对面，发现了一抹正向我凝望的红色。这种地方也有东西在召唤我吗？我连忙下了电梯，穿过陈列架和顾客之间的空隙，走向那抹红色。

是漆成朱红色的便当盒。那谦谨优雅的红色吸引了我，双手托起它，我感受着那些微存在的分量，痴迷地看着这庄重的红色，然后拿着它走向收银台。

走出百货店时，天空已是黄昏时分的橙紫交织的混合色，步行道恢复了正常道路状态，它将行人穿梭往来的喧嚣深深吸入，又吐出比之更多的嘈杂。我将购买的物品放到已褪去白日里太阳余热的水泥地上，开始寻找出租车的红色空车灯牌。

回到家的时候，工人们已经回去了。妹妹不在，父亲也不在，只有满屋子横七竖八的凌乱物品在迎接我。

那天夜里，我做了一个梦。

我站在不知是哪里的地方，周围涂满了介于灰色和白色之间的不伦不类的颜色。不知不觉间，我感到自己脚下好冷，那种感觉就像站在汹涌而来却又即将退去的浪尖上，脚下仿佛正在哗啦哗啦地崩塌。我刚想抬脚，水却瞬间打湿了胸口和肩膀，然后将我彻底淹没。脚下漂了起来，我在汹涌而来的洪水中漂浮，并不觉得痛苦，却也没有快乐，只是像被丢弃的纸屑一样漂浮着。很快我便发现，将自己包裹起来的周围呈现澄澈的蓝色，无边无际的蓝色世界让我苦闷又舒适、安心又悲伤。心中汹涌澎湃的各种情感无一感染到我，我漂浮着，任凭它们汹涌澎湃。

醒来后，我依依不舍地体会着床单的温柔触感。我迷迷糊糊地在床上睁开眼睛，仿佛刚刚结束一场漫长的海上旅行并踏上陆地，然后我看见把光吸进屋内的窗户和床边展开的蓝色布料。我发现自己要找的就是它，于是挣扎着下了床。

我在凌乱的厨房里花了很长时间做便当。我心无旁骛地忙活着，任由柔和的风儿从大敞四开的窗户吹进来,帮我拂去额头上的汗珠。做完后,我立即盖好便当盒的盖子,拿着那块蓝色布料走进妹妹的房间。一大清早,太阳还没照进来,只有那张带华盖的床横在那里,冷清得一如真守从前的房间。

我在略有些昏暗的房间里,默默地踩着缝纫机,针脚扫过的蓝色布料不断滑落到地板上,把褐色的地板染成蓝色。

我放上一张唱片,把音量调大,然后伴着音乐节奏扯下家中的窗帘。刚开始动手,又来了三名同昨天的三人同一装扮的男人。我把他们带到浴室,然后自顾自地继续撕扯窗帘。窗帘布被扯破了,发出刺耳的声音,固定卡扣纷纷掉落。我继续有节奏地拉扯窗帘,每扯下一片,眼前都会呈现出一片蔚蓝晴空,令我心情舒爽。

最终,没耐性的我只做到了给客厅窗户挂上亲手缝制的蓝色窗帘。打开窗户,拉上窗帘,吸饱了阳光的蓝色窗帘闪闪发光,将几束细长的光射进被染成蓝色的房间里。我望着窗帘,独自一人吃着便当。

可是爸爸和妹妹到底为什么不回家呢？"东欧佳作"的系列录像带父亲应该只看到第二卷，妹妹也是，她一脸天真地笑着告诉我买了浴缸，而且那样迫切地期待着施工安装。此时此刻，他俩一定在高阔天空下的某个地方开怀大笑吧。想到这里，在凌乱的家中独自一人吃便当似乎也变得无比有趣了。我忍不住会心一笑。

我打开邮箱，取出晚报和几封直邮广告，然后去了区立图书馆。走在住宅区的街道上，我边走边一封一封地浏览这些广告，夏季新品介绍和春末大甩卖已足够让我欣喜。我在其中发现了一张明信片，上面盖着"航空邮件"的印章，贴着不常见的邮票。我把它抽出来，收信人处写着我的名字，下面只写了一行字：

　　我请了一段时间的假出去旅行了，你也要过自己喜欢的生活。

是爸爸寄来的。

也许是到了考试阶段，阅览室里挤满了穿制服的学生，而三楼的视听室却空空荡荡，只有橙黄色的日光安静地端坐在窄窄的长椅上。我在前台写好唱片名交上去，然后坐在靠窗的座位上戴上耳机。射进来的阳光围成变形的四方形，将我的上半身全部包裹进去，把我染成干枯的颜色。

耳机里传出淅淅沥沥的落雨声，过一会儿才响起舒缓的音乐，早已离世的黑人歌手唱得如泣如诉。我把胳膊肘支在桌子上，拿起贴了异国邮票的明信片仔细端详，然后小心翼翼地把那张漂亮的邮票剪了下来。

歌曲间歇时，传来管理员低低的交谈声。

"可是那孩子居然嫌鱼腥，要用洗衣液洗干净呢。"

"年轻人真是令人难以理解啊……"

忧伤的歌声再次响起，后面的话也随之消失。我闭上眼，在歌声与日光中蜷起身体。

走出图书馆，我鬼使神差地跑向银行。拿爸爸的存折查了下余额，果然不出所料，上面显示少了两个零，虽然还有点余额，可是什么时候扣除浴室安装费用呢？不仅如此，昨天的购物，还有前天的和更早以前的……，我开始惴惴不安了，眼前掠过父女三人胡闹的那些日子，然后又想起那冷冷清清的歌曲和百货店紧闭的大门。我站在空无一人的银行自助查询处，呆呆地望着存折。

2

我按照电话里所说的前去拜访，到了一看，却是一处普通的公寓。电梯里面一片令人眼花缭乱的鲜绿色，地板上粘着干硬的口香糖。

那间房子的门牌上什么都没写，我犹豫着要不要进去，但他说的确实是七〇三室，所以我还是摁下了门铃。一个脑袋锃亮的高个子秃头男人打开门，招呼我进去。我被带到一间有十张榻榻米大的客厅内，沙发上一个女孩子独自坐在那里，她根本不看我，一双长腿弄成二郎腿，眼睛盯在杂志上。

"我去冲咖啡，你稍等。"

秃头男人说完，去了另一个房间。我暂且在紫色的沙发上坐下，观察那个女子，她身穿鹅黄色套裙，裙子下面露出的脚踝上戴着亮闪闪的金脚链，披着亮泽的及腰长发，发间露出大大的金耳环。我向前欠了欠身，想看清楚她的长相，刚才那男人却拿着杯子走了回来。

"哎，可以问几个问题吗？"

男人的声音平滞呆板。

"你是大学生吧？当真是二十岁吗？遇到什么困难了？"

从发型到脸、脖子、肩、胸，再到凹下去的腰，他细细打量我身体的每个部位，仿佛拿在手上掂量价格一般。我想：大概我买东西的时候也是这个表情。

"因为买了个浴缸，"为了讨他满意，我故作老练地回答，"下个月就得从卡上扣款了，但好像钱不够了。"

"哦？"

我的回答从他的右耳进去，又从左耳出来，然后他自报家门说他叫佐原，是这里的经理。看着他向我进行工作说明时的口型，我在心里认定这是个极其啰唆拖沓的男人。正说到半中腰，一部电话响了起来，佐原接完电话后,那个长发女子走了出去,然后佐原开始讲报酬事宜,他说这工作越干越有趣,随之也会赚得更多。

"一小时两万五千日元,你分得一万五千日元。按照一天接待三个人计算吧,每周休息两天,一年就能买房子了。"

"可是我并不想买房子。"

"你看你呀,我只是打个比方,打比方。我的意思是说能赚到那么多钱,至于要用来干什么,当然是你的自由啦。"

佐原拍了拍我的腿,夸张地笑了起来,然后递给我一个袖珍传呼机。

"把这个带上,有工作安排时我会呼你,接到后给我打电话吧。对了,你要尽量打扮得日常一点,就像今天的这种风格。"

说到这里时,电话响了。佐原走出去,在纸上记着什么。放下电话后,他转向我,问道:"去吗?今天不做的话,我找别的女孩子。"

"好吧，我去。"我回答。

我去了写在记事本上的酒店房间，拉着窗帘的房间有些昏暗，一个微胖的男人背对着我坐在那里。敞开的衣橱里挂着西装，一边的角落里放着行李箱。

"你好，我叫田中铃子。"

我不知道该说什么，就先报了个假名字。男人回过头来看着我。一个中年男人，坐满员电车时大概能找到二十张类似的面孔。

"我今天第一天开始工作。其实我还是短期大学的二年级学生，英语专业的，明年就该毕业了。我想去留学，可是我父母都不在了，所以必须靠自己挣钱，正在我考虑干什么最挣钱的时候……"

男人一把抱住了喋喋不休、信口开河的我，浓烈的麝香味扑鼻而来。男人迫不及待地把我按倒在床上，也不知哪里学来的招数，还在滔滔不绝的我不知何时就被他扯下了文胸，他自己也脱掉了内衣。

"我说过我父母都不在了，是吧？我被寄养在叔叔婶婶家里,他们有许多许多钱,却吝啬得吓人。让他们供养我留学的可能性微乎其微。不过万一他们死了,那一大笔存款可怎么办呢?岂不是全打了水漂?不过他们就是这种人,宁可把钱喂猪也不肯让别人拿走。"

男人身上白腻的赘肉挤压着我,我的脸正对着他那毛发稀疏的头顶,因为香味刺鼻,我不得不别过脸去说话。

"我还没跟他们说过留学的事情。要是说出来,连我自己的存款必定也会被他们夺走。我的叔叔婶婶彼此并不相爱,他们是因为爱共同的存款才在一起的。唉,是不是很神奇啊?"

"闭嘴!"

男人还是头一回开口说话,粗重的嗓门带着乡音。我吓得猛一哆嗦,赶紧闭上嘴。男人的手掌在我全身游走,和他的粗嗓门完全相反,抚摸我的手掌倒是十分温柔。一阵阵抬高的稀疏头发、长着黄褐斑的额头和长满浓密黑毛的惨白肚皮都是我迄今未曾见过的,既可怖又有几分可笑。为了逃离密密层层的鸡皮疙瘩和呕吐感，也为了不笑出来，我使劲屏住呼吸，紧紧闭上双眼。和在那家百货店内的情形相同，一团看不见的空气摇晃着我。可以了吗？我紧紧抓住那团看不见的东西问。闭上眼，我的眼前出现了无数的百货店，它们微笑着张开了紧闭的入口。我清了清嗓子，迷迷糊糊地抬起眼皮，看向被窗帘缝隙切割成窄窄一条的窗外。

我看见远处的霓虹灯广告牌，看见星星从缓缓流动的云缝间放出一丝丝微弱的光，看见朦朦胧胧的月亮仿佛将盛不下的笑洒向了周围。

附近的超市居然也能带给我和大型百货店媲美的兴奋感。我缓缓地踩着地板走向购物车，努力克制住想像小孩子一样四处乱跑的冲动。

还是应该尽量挑选不具实用价值的物品，我想。我轻轻拿起那些落满灰尘、已经习惯于被冷落的商品。快速冷冻容器，像长老一样端坐的刨冰机，盛放黄油的玻璃容器，设计平庸的厨房收纳架……。不知不觉中，我已分不清有用没用，搞不明白挑选标准了，反正就是将吸引我视线的东西统统扔进购物筐里。购物筐里五花八门，南瓜下面压着花草培植土，莼菜和染发剂摆放在一起。

我在随处可见的货架前弯下腰，伸手去够摆放在里面的物品时，却想起了妹妹。

"这周末咱们约上真守，三人一起在家里举行个烤肉派对吧！"

因为想在家中见到妹妹，所以我专门往真守的公寓打了电话。

"行啊。"她爱搭不理地回答。

妹妹的冷淡令我十分紧张，顾不上邀请她一起购物，也顾不上告诉她浴室已经安装完毕，只和她敲定好日期便放下了听筒。即便如此，我依然为真守与妹妹即将来到家里感到高兴。我使出浑身力气推着越来越重的购物车往前走。

回到家里，我将十头野猪才能吃完的各种肉放进冰箱，然后将桌子上堆着的东西一股脑儿推到一边，坐了下来。我翻开落在脚下的书，思考如何搭配菜谱招待他们。莼菜味噌汤、蟹肉锦丝卷、鲹鱼南蛮渍、香炸豆腐丸、八宝南瓜盅，我一边翻书一边将看到的菜写在旁边的纸袋子上。

我果断站起来，将堆在桌子上的东西统统扫落到地板上。传来物品互相碰撞的乒乒乓乓声，还夹杂着什么东西碎裂的响声，可我没时间去理会这些了，最重要的是明天妹妹和她的男友要过来，我必须赶在那之前准备得完美无缺。

我把菜单需要的食材应有尽有地摆到桌子上，一个人开始动手准备。我打开蟹肉罐头，取出海带汁，把豆腐沥好水，摘除鲹鱼的背鳍和鳃，泡上香菇，把木耳切成细丝，然后又弯腰在桌子下面的硬纸箱里乱翻一气，找出成套的筷托和小碟子。

额头上渗出汗来，我打开了窗户，被孤零零丢在院子里的旧浴缸在薄暮中发出淡淡的光。

然而第二天来家里的却只有妹妹一人。

"果然不出所料。"

打开门，妹妹张口来了一句。她穿着牛仔裤站在门外，活像周日还要忙于做木工活儿一样。

"真守怎么没来？"

我往她身后张望，却只看到春日和煦的日光洒下来。

"都看不出地板的颜色了。"

妹妹看向屋内，根本没有理会我的问题。

"真守有事吗？"我再次问道。

"哎，你动动脑子，你觉得这个家正常吗？你不觉得活像精神病人的隐居地吗？在这种地方能安安稳稳地吃饭吗？我们一起把食材搬到真守那里去做吧。"

我拉起坐在玄关边框处的妹妹，牵着她的手把她带到厨房。厨房里一片狼藉，桌子上却已收拾妥当，还整整齐齐摆好了三个人的餐巾，成套的筷托上放好了筷子。杂乱无章的房间里，只有这一处地方整洁得有些不协调。

"没关系的，你瞧。"

我得意扬扬地向妹妹展示，她却一言不发地转头看着我。

"准备下食材吧，我们一起来搬。"

"你说什么?！这个家里三分之一的东西都属于你呀，不要光指责我一人。"

声音大得连我自己都觉得吃惊。

妹妹直愣愣地看着我，只说了一句："那就把我的东西扔掉吧。"

她从抽屉里面取出一盒黑色塑料袋，单手拎着袋子，在屋子里到处转悠。

"那个是我的！"我追在她身后，一件一件地指指点点，"这个才是你的！"

百宝山横躺在那里，吸饱了和煦的日光。妹妹把它翻了个底儿朝天，一脸认真地继续往袋子里塞着东西。

大红色的爱马仕凯莉包，黑色羔羊皮手袋，开司米复古风大衣，统一成动物图案的餐具，通通被扔掉了。树叶形状的金项链，集齐了各种图案的被团成一团的思琳围巾，装在水晶瓶里的鲜花香精，溜冰鞋，仿真鸭子模型，复古人偶，正装鞋，显微镜，罗兰爱思的套装，五颜六色的化妆品，加起来有三十件之多的范思哲礼服裙，绿松石项链，巨大的米老鼠，无线熨斗，通通都被黑色塑料袋吞没。《谜语大全》《世界原色花卉图鉴》《明日之丈全集》，还有帽子、外套、摆件也是，就连浅紫底色上樱花花瓣飞舞的会客装、亚麻挂毯、地球仪、便携文字处理机、伊万里的取暖炉也都被装进了黑色袋子里。鼓鼓囊囊的塑料袋被扔得满地都是。

真像玩游戏。我跟在妹妹身后，望着她一本正经的背影，也拿起一个垃圾袋，看也不看尚未打开封口的纸袋子和纸箱子里装的是什么，瞧也不瞧衣服的款式，学着妹妹把它们通通塞进垃圾袋里。丢弃意味着还要再买，我想大概妹妹也是这么想的。她必定和我一样，也在想着敞开入口的百货店里的情形，所以才满怀热情地把垃圾袋塞满。我全神贯注地做着这沉默的游戏，学着妹妹一本正经的样子，强忍着不让自己笑出声。等到家里装满快要胀破的黑色塑料袋时，她就会回过头来冲我笑了吧。这一切都是为了片刻之后的开怀大笑。

然而妹妹没有笑。等到挂钟敲响三下时，她突然扬起脸说："真是难以置信，竟然根本收拾不完，不管了，去真守那里吧。"

"唉？"

我抬起头定睛看她，她额头上挂着亮晶晶的汗珠。

"准备好食材吧，我们一起搬。"

"不了，我懒得出去。食材送你了，你们俩做吧。"我说。

等妹妹走后，我打开一个新塑料袋，把昨天准备好的海带汁、鳉鱼、莼菜、囫囵个儿焯好的南瓜和沥好水的豆腐一股脑儿地扔进里面。

在区立图书馆的视听室里，可以将云雾缭绕的景色尽收眼底，云端的高楼缥缈得如梦如幻。我扣上厚重的耳机，凝神静听黑人歌手每次唱歌之前的落雨声。我仿佛即将参加什么仪式一样忐忑。他唱歌之前的那几秒钟，我紧张得仿佛有针在沿着伤口描画，莫名其妙地难过起来，就在我捕捉到那恰到好处的一瞬间时，他唱了起来,别具一格的歌声仿佛在哭泣,又仿佛在怒吼。他的歌声好像渐渐消融了我紧绷的神经,我松了口气,用手指描摹落在桌子上的日光。

斜前方的桌子上,一个长相清纯的少女也在扣着耳机流泪。她用手帕拭了拭眼泪,看向手中的书,一会儿又望向窗外,再一次神思恍惚地流下眼泪。百无聊赖的图书馆馆员不时地偷偷瞄她一眼,我注意到她手里拿的是《考试必胜·英语语法》。不知为何,我的内心似乎踏实了许多。

我犹豫着要不要赶在梅雨到来之前搬家,其实就算多出了几个垃圾袋,家中也没整洁多少,而且我觉得妹妹可能再也不会回来了。我发现,想在那样的家里找出一件东西非常困难,那个漆成朱红色的便当盒不见了,我花了一晚上的时间也没有找到。一次又一次地想象着便当盒正掉在哪个夹缝里悄无声息,我只能喟然长叹。

传呼机响起的那天我在家里。事务所打来电话,让我没事的话过去,并指定了涩谷的一家咖啡店。

往逼仄的店里张望，一眼就发现了那个戴黑色鸭舌帽的男人。我在他面前坐下，男人却连头也不抬，自顾自地在包吸管的薄纸上不停地写着细小的字。我跟他打招呼说"你好"，他这才稍稍抬起头看了我一眼，视线随后又落回笔尖，继续写起来，一边写一边低声喃喃自语。这个小个子男人看上去很年轻。

过了一会儿，男人喃喃自语着站了起来，我没听清他在说什么，却也跟在他身后站起来。他去的是后街上的一家情人旅馆，穿过黑红相间的奇特拱门，我神思恍惚地望着前台那个无趣的中年女人和男人交谈。

我们走进一间窗帘紧闭的黑暗房间，廉价的装修统一成黑色，窗帘和床罩却是红色。男人在床边坐下来，盯着一个地方继续喃喃自语。我问了句要不要冲个澡，他抬起黯淡的目光瞅了我一眼，然后收回视线，继续喃喃自语。我在他对面坐下来，侧耳听他说些什么。断断续续听到无线电通信、宇宙、组织、被盯上之类的词，我对着他的后背，视线在昏暗的房间里游走。

男人突然停止说话。我正思忖要不要再一次使用化名,他却突然转过身来,把手伸向我。他把我剥光,让我躺在红色的床上,边喃喃自语边从单肩背包里取出签字笔。我默默地观察,却见他在找我身上的痣,并用线把它们连在一起。我任由他摆弄,感觉身上仿佛被猫舔过。他一会儿让我侧躺,一会儿又让我俯卧,认真地查找痣。我浑身爬满了黑色的线,但那男人并不像恶作剧,而是在十分认真地寻找着什么。从他令人费解的自言自语中我似乎弄明白了:他正在被一个大型组织追杀,要和外星人保持通信。

"不行。"他看着我身上的黑线,说了一句,然后又喃喃道,"再给我换一个。"

好像我的痣没能和他心里的东西连接起来。我默默地穿上衣服。

"可是你脱我衣服了,所以应该付酬金。"

我对喃喃自语着的男人说道。

他没说话,把手伸进单肩背包,将一沓钱扔在床上。

"你被换掉之后我又去了。那男的怎么回事?在我全身乱写乱画一通。"

"你也被换掉了吗？"

"做了一次。"

"那就是说你的黑点对上了呗。"

车飞驰而过，迷蒙的车灯灯光不断扫过道路两旁的茱萸。春美不停地谈论着时装和男人，笑得毫无戒备。

"哎，你住在哪儿？一直往前开吗？"

"下个路口拐过去直行就可以了，给你添麻烦了。"

"没关系，没关系。刚买的车，正喜欢开呢，有时候我还会去接我那位。你不开车吗？"

春美发出爽朗的笑声，画了个大大的弯转向右边。

"我还没有驾照呢。而且我更希望先搬家。"

目送着白色的茱萸花不断向后倒流，没入黑夜之中，我回答道。

"是吗？那我建议你找一下佐原吧，据说他有熟人做房产中介，我也求过他呢。"

春美接着给我讲了她家的户型，还跟我讲起和她住在一起的男孩子。

快到家的时候我下了车,沿着柏油路往回走。空中看不见一颗星星,它们全都被藏在密密层层的厚重云层中。我脱下高跟鞋,脚底传来的凉意令我疲劳顿消、心情舒畅。确认过已不再有络绎的车流后,我轻轻地躺在柏油路上。头顶正上方是广袤无垠的墨蓝天空,一棵枝繁叶茂的大树居高临下地俯视着我,满树的细树叶纹丝不动,让我突然产生一种被道路埋没的错觉,给灯光镶上边框的小小窗户也从四面八方打量着我。微微嗅得到雨的气息。

一名从我身边驶过的出租车司机朝着我怒吼,我跳起来走到角落里,然后赤着脚朝着有挨挨挤挤一屋子东西、正在等待我的家中走去。

3

打开门,迎接我的是一个老态龙钟的男人。房间里冷清得带着寒意,男人坐在窗边,看了看我,低头露出和蔼的笑容。他会不会搞错了?我突然产生了这样的感觉。到底该不该说出来呢?该如何开口呢?一时间我不知如何是好。他太老了，只怕看着我或者我当场脱掉衣服，也不会产生任何感觉吧。他必定不知道电话亭上贴得密密麻麻的小纸条上写的并非介绍保姆或交友的信息，而是"性欲处理SOS"。

"随便说点什么吧。"

他突然开口道，然后抬起头，笑呵呵地示意我坐到他前面的椅子上。我轻轻走向那把椅子。

"说说你自己吧，什么都可以。"他继续说。

我稍作思索，说道："那我就讲讲我的客人吧。就讲上次遇到的那个可怜的孩子，有兴趣吗？"

没等他表态，我就开始讲起来。从半敞的窗帘处看见的街道仿佛模型一般，林立的灰色楼房中央突然塌陷了一片。我注意到那块空地是学校，茶褐色的操场和蓝色的泳池受到了稳妥的保护，不断有黑色的小生物跃入蓝色的泳池内。

"那孩子很年轻，以至于让我担心他没办法支付酬金。最近管控得好像严格了，所以我们一开始约在咖啡店见面。那个年轻人不是用公用电话打过来，让我马上到附近的一家咖啡店吗？所以我就去了。那家店脏兮兮的，那孩子正坐在角落里有一搭没一搭地喝着啤酒等我。我在他对面坐下后，他说想就地聊聊。他简单地介绍了自己，又让我也介绍一下，就是说说名字、年龄、住址之类的。他边说边问我知不知道为什么要这样做，也就是为什么要进行自我介绍。我说不知道，于是他告诉我想玩模拟游戏。他说，知道了我的名字、年龄、生活方式、兴趣，就可以在心里想象出我这样一个人，即便和实际的我有所出入也无所谓，这样就有一个从前不认识的我活在他的心里了，他就会感觉早就认识我，就会产生相爱的感觉。"

老人用浑浊的眼睛盯着我，带着微笑听我讲述。

"于是我们就像恋人那样头碰头地喝着啤酒聊天。那孩子说他是专科学校的学生，虽然家就在东京，却自己一个人辗转流离地生活。他详细地告诉我为什么要一个人生活，还问起我的情况。我现场编了一堆谎话，我说我有个酗酒的男朋友，已经不成样子了，但我依然十分爱他。年轻人问我喜欢男友哪一点，我告诉他就喜欢男友酩酊大醉的样子。因为必须给他预备一头大象才能喝光的上等酒水,才不得不干这一行。那孩子乖乖听着,目瞪口呆。

"然后我们离开了咖啡店,手挽手地朝酒店走去,一边走一边像初恋小情侣那样逛服饰店。我们走了很久很久,最后好不容易走进一家萧条得无法形容的酒店,就是住宿要两千日元的那种。我们一起泡了澡,但那浴缸脏得要命,毛巾都发霉了,难闻死了,最难以忍受的是淋浴时突然流出了冷水。他还让我帮他搓澡,突然说什么他可不只是为了做爱才跑到这里来的,还说那样没意思,必须以相爱为前提才行。我觉得这话真是有点变态,想相爱就谈个女朋友嘛。那孩子看上去也不像交不到女朋友的样子,况且如今谈个女朋友多简单啊。不是有很多人不管是不是真的相爱,却都要假装相爱吗?不过想归想,我不能把自己的想法说出来,毕竟是在工作嘛。人的思维千奇百怪,行事方式也五花八门,但是倘若我指手画脚地说这个错了或者应该那样做,那就不叫工作了。所以我把他想象成喝干了一头大象才能喝完的酒的男友，然后对他说：'你也把我想象成你最爱的人吧。'于是他非常高兴，开始给我讲他小时候的事。"

电视、枕边的收音机、床、发黄的毛毯，全都敛声屏气，悄无声息，只有时钟旁若无人地计着时。他眯缝着眼听我说话，仿佛要睡着了一般。我争分夺秒地接着往下说。

"那孩子说他的母亲阴差阳错地怀了孕，等察觉的时候已经无法堕胎了，不得已只好把孩子生了下来，那孩子应该就是他了。所以啊，他父亲自然不是他的亲生父亲了，母亲也极其厌恶他。他说上幼儿园那会儿，他父母把他一个人丢在家中，出去旅行了好些日子，他什么吃的都没有，也没有钱去买，只好喝冷水和吃牙膏。

"还有更可怜的呢，他说有一次还差点被丢在游乐场。他被放进不停旋转的咖啡杯转椅里，一开始还开心地笑，不知不觉中已经分不清方向了，周围全是挥着手的大人，却都是陌生的面孔，他想下来，却已经没有办法了。他大喊大叫:'停下来!'声音却被充斥耳边的嘈杂音乐淹没。多亏他牢牢记住了家里的地址,最后被警察送回了家,到家时已经大半夜了。"

我不想停下来,所以不得不依据事实添油加醋地进行了稍许补充说明。我口若悬河地讲个不停,撒谎也好,事实也罢,似乎感觉话从我口中吐出来,接触到空气,然后在眼前的这个老人面前化作淡淡的现实飘落。

"听那孩子讲着讲着,我渐渐觉得他是在撒谎,这也太离谱了,不是吗?不知道他出于什么原因热衷于和一个初次见面的女人玩恋爱游戏,但他好像就是为了把游戏顺利进行下去才预备了那些谎话的。

"不过呢,那孩子接吻超级棒呢,简直棒到令我吃惊,棒到仅仅接吻就差点让我高潮,所以当时我莫名其妙相信他说的都是真的,毕竟还没有人像他接吻那么棒。为了得到爱,他一定练习过无数回吧。

"等我冲完澡出来,那孩子就不见了。我一边往回走还一边琢磨,他讲了这么多,最后怎么这么简单,可是半路要买东西,打开钱包时才发现,里面已经空空如也了。我居然被偷了。好在银行卡还在,也算不幸中的万幸了。

"不过我临睡前想,都是因为他接吻太棒了。假如他那些话全是假的,哭成那样子也都是表演,那才叫高明呢,高明到得收钱才行。这样想着,我就不再心烦,也就慢慢入睡了。真是什么人都有,对吧?"

终于讲完了,我偷偷观察他的表情。他脸上波澜不惊,只是用浑浊的眼睛定定地看着我,不发表任何感想。

过了一会儿,他伸出手摸我的脸,然后慢慢地抚摸我的头。他的手掌又冷又硬。

房间里寒彻骨髓,对面群青色的天空中挂着一轮清澈的明月,小小的蓝色泳池沉没在黑暗中,灰色的建筑看不见了,宛如灿烂星光的点点灯火笼罩着街道。

"要不要继续约呢?你只需要像今天这样随便说点什么就好了。"他说,"如果还能见面,我有好事告诉你。"

"我也想再约呢。"我随即回答。

我和他并排躺在床上，秒针的滴答声格外清晰。他说的"好事"其实就是仿佛死去一般地入眠。

"我平时都是这样睡觉，闭上眼，告诉自己再也不会醒来，大概再也不会有什么有趣的、好笑的事了，同样也永远不会再痛苦了，我的肉体将被扔进棺椁里，没有人会记起我，也没有人会为我流泪，我将一个人静静地死去……"

他时断时续地说。我也像他那样双手交叉放在胸前，舒缓地呼吸，凝神静听他的低语。

"这样就能轻松入睡了，就像在什么地方轻轻融化一样，实际上可能也真的会在什么地方融化掉，早晨醒来会觉得不一样，但是必须认真地想象自己正在死去的画面才行。"

他停下来，缓缓地吐气，然后再慢慢吸气。我拼命想象自己已经死了，就在今天见到的这个老人身边，在这间寒冷彻骨的屋子里，裹着这条冷冰冰的毛毯，慢慢地死去……

我按照老人所言，一边假想自己正在死去，一边慢慢睡去。我这样做仅仅是贪图睡个好觉。老人的呼吸很快变得均匀，我感觉自己正被卷入睡眠的旋涡，整个身体似乎麻木了。秒针的嘀嗒声在房间里回响，仿佛有一层厚而透明的睡眠膜正轻轻地把横躺着的我俩包裹在里面。

醒来时，身边已经没有人了，只放了一张写着联系地址的纸片，我将"野田草介"这个名字轻轻读了一遍。

从我的新房间里可以看到行将随风飘落的八重樱。我将所有的东西都留在家中，只身一人搬到这里，所以房间里空空荡荡。我眺望着夜色中流光溢彩的八重樱，没一会儿却也看够了，便在房间里来回溜达，盘点着必需的生活用品，想着想着却又弄不清自己到底要些什么了。因为要等草介联系我，所以电话还是要有的，但是电视好像没什么必要，冰箱、床和装扮房间的画也应该通通不需要。蓦然间我有些不安，抬头看看钟，已经十二点半了。再过十个小时，街上就该热闹起来了，店铺也该装扮一新开门纳客了吧。随便哪家都好，我真想奔向它们。还没等我想清楚需要什么，那些正翘首盼望被我拿在手中的商品就已经在呼唤我了。

玄关的门铃发出刺耳的尖叫，我跳了起来，竖起耳朵听，突然想到可能是妹妹来了，赶忙飞奔过去打开门上的锁链，却看到春美站在外面。

"我跟佐原打听的，祝贺乔迁！"

春美似乎喝得烂醉如泥，软塌塌地东倒西歪，但是从她身上的气味我能判断出她并不是醉酒。春美一边尖声大笑，一边在房间里来回走动。

"什么都没有，真奇怪，什么都没有。"

"不会是和男朋友吵架了吧？"

房间里没有水壶，也没有茶杯，我真不知道该怎么招待她，却脱口而出这么句话。

"不是，不是。"春美使劲摆手，再次笑了起来。

"我给你带来乔迁贺礼了呀，快谢谢我吧。"

春美一屁股坐在了窗台上，从淡紫色挎包里掏出烟盒，取出一根类似香烟的细长筒状物放在我的掌心。

我仔细端详着这东西。

"你从来都不玩吧?你是不是不晓得自己工作是为了什么呀?对了,你好像最近也没怎么工作,对吧?有相好的了吗?"

春美拖长最后一个词的尾音。我道过谢,点燃那根细筒,轻轻吸了一口。春美喜滋滋地打量着我,然后自己也取出一根新的点上。我不停地吸着,春美却吸得很慢,她对着点燃的一端深深地吸气,喉咙里发出咝咝的声音。我也学着她的样子缓缓吐出一口烟,春美尖声笑个不停。

空无一物的房间里出现了斑斑点点的黄色污渍,我凝神细看那是什么东西,却看到黄点又多了几个。我把细筒含在嘴里,凑近了仔细端详,然后又猛吸一口。春美的笑声渐渐模糊,黄色污渍越来越多,渐渐布满整面墙。是黄疸,我将目光从密密麻麻布满黄疸的墙上移开,仰头看向天花板。可是天花板、床、玻璃窗,就连窗外都布满了间隔整齐的黄疸,它们一点一点地逼近我。我拼命挣扎,向春美求救,想逃离这些可怖的黄斑，可是春美完全不为所动，高声大笑着俯视我。

"你也太冷静了呀。"春美居高临下地俯视着在地板上蜷成一团的我，开心地说，"哎，状态不好的时候不能这样。你是不是挺消沉的？早点告诉我嘛，随时都可以和我说的，我替你去卖呀。我们在工作，所以得好好享受。告辞了，我还会来的。"

春美的身影和笑声一同消失，房间里一下子变得鸦雀无声。关上灯，远处街上的霓虹灯招牌在黑夜里显现，跟八重樱一样流光溢彩。我把它收进眼睛里，闭上眼。再也不会醒来了——我想像野田草介教给我的那样好好睡上一觉。一切都不存在了，无论是快乐的、悲伤的、痛苦的，还是令人激动的事情，都不再有了。我在寂然无声的房间里静静等着睡眠牵起我的手。耳朵里响起隐隐约约的落雨声。

4

明天一定去学校，我心想。太阳从积雨云中露出了久违的笑脸，街上到处都是小孩子。我每天往返于事务所和公寓之间,有时按要求去酒店,闲下来时,会找到百货店、时装店、杂货店、家具店之类的地方冲进去,什么事都没有的时候,就想想怎么给草介讲故事,讲讲曾经的恋人、我的大学和儿时的事情。前期的考试和小论文早就被我忘到了脑后。不知不觉间已是冬去春来。

曾经空无一物的公寓房间这些日子已经被填得满满当当了,在洗手间里刷牙时回头看去,完全没留下印象的连衣裙、内衣裤、帽子、不明所以的画、小摆件、恶趣味的台灯、小梳妆柜、形态各异的椅子等东西胡乱堆在一起沉睡着。端详着这些东西,我渐渐变得焦躁不安。当它们处在其他商品的包围中时,应该曾经那般拼命地呼唤过我,那般渴望被我带走的啊,然而它们却在如愿以偿地被搬到这里的那一刻进入了休眠。无论它们当初多么光鲜亮丽,如今都跟死去一般悄悄褪去光彩,无声无息。

我决定把它们全部搬到家中。但我不想找人来搬,而是希望亲自动手。我需要一辆车。用脚拨开散乱的物品，我靠在窗边翻看通讯簿，大学同学的名字不断进入视线。我对每个名字都有记忆，但是没有一个名字能让我想起一张清晰的面庞。我拼命地回想，可是他们只是像泡在水里的面包一样软趴趴地膨胀开来。我难受起来，简直怀疑这一切都是梦。现在并非暑假，自己还是一名大学生，曾经换乘地铁去大学上课，推开大教室那厚重的大门，这些事仿佛通通在另一个世界里运行，而只有我自己仿佛进入了窗帘紧闭的奇妙缝隙中。我阻止了自己继续想下去，最后还是决定找春美帮忙。

可是到了约定的日子，来访的却是一个陌生的男孩子。

"说是生理期。"

打开门，男孩子小声说。

"啊？"

"是春美啦。她说她爬不起来了，所以让我替她过来。"

我这才终于搞明白，原来这男孩子就是春美经常提起的男朋友。他比我想象中矮小，瘦弱得仿佛能被我一把抱起来。我招呼他走进杂乱无章的房间里。

"我想把这个房间里的东西全部搬走。哎，不好意思了。"

"没什么。"

他从牛仔裤口袋中抽出手，立刻动手把眼前的东西归拢在一处抱了起来。

他两只手上都拿满了，用脚打开门后，上了电梯。一件黑色吊带衫和一双橘色长筒袜从他抱着的一堆东西中露了出来，显得有些滑稽，然而他却毫不在乎。望着他的背影，我心想：这大概是因为他和春美一起生活吧。我也急忙动手把散落的物品归拢到一起。

春美的车停在楼下，在车和五楼的房间之间足足往返了八个来回，春美的男友才终于开着车出发了。笔直的道路出现在眼前，空荡荡的，泛着白光。树木自豪地摇曳着新长出的绿叶，仿佛在抖落一件刚上身的崭新衬衫。夏日的气息从大敞四开的车窗灌了进来。

"你当真是大学生吗？"他一边开车一边问。

"虽然我很少去学校，但还有学籍。你呢？"

"在紫色灯光下和肥胖的老女人一起跳舞。"他不情愿地回答。

他把白皙的手臂轻轻搭在方向盘上，始终一副闷闷不乐的样子。可是我不管问他什么，他都回答，似乎也并没有不高兴。怎么说呢，这种人应该就是对一切事物都没有兴趣。

他把车停在门前，我先下车开门。打开房门，一切还是我离开时的模样，没有任何变化，仿佛时间静止了一般。我们默默地把塞满后排座位的东西搬了进去。

"好多神明呢。"他出其不意地开口道。

我抱着行李回头看他。

"什么意思？"

"你看，圣母玛利亚、观音菩萨、耶稣、佛祖，哦，这个又是哪方神仙呢？"

他把衣服和布里面散落着的装饰物逐一拿起来让我看。

"你知道的真多。我以为它们只是工艺品。"

他没有回答，把那些神明全部拿起来后，走进房中。

客厅的地板上扔着一大堆黑色垃圾袋，客厅里依然杂乱无章、窘迫局促，只有一处窗户装了窗帘，蓝色的窗帘布耷拉下来。把我带回的东西再扔上去也没多大变化。打开冷气后，尘埃随着凉风在房间里飞舞。

"今天真是太谢谢你了。"我递上一罐橙汁，说道。

柏林动物园的写真集、真丝羽绒服、狐皮短大衣、豹纹单肩包，他坐在这些东西上面，微微点了下头。我们默默地喝着橙汁。窗帘把房间里映上淡淡的蓝色，我们俩坐在一堆东西中间，夏日仿佛与我们隔绝。

"我教你个不用收集那么多神像就能得到救赎的办法吧。"

他双手摆弄着空易拉罐，轻声嘀咕道。

"得到救赎？什么意思？"

"你收到过春美的那种药物吧？"

"算是吧。"我想起向自己逼近的满是黄斑的墙，敷衍道。

"我希望在最大程度上拯救自己。换句话说，就是想要那种永恒的救赎。我一直在暗自摸索着。"

他交替盯着手里的空易拉罐,小声和我说道。

"所以呢?"

"所以嘛,就是要找到一种不依赖神仙和药物的方法。我好像渐渐弄明白了,要不要我来告诉你呢?"

好像有易拉罐里滴下的水滴碰到了我的指尖。收集到的玩偶全是神像纯属偶然,并非要向他们寻求救赎,但我还是对他的话产生了兴趣。

"说说看吧。"我说。

他沉默了片刻,然后混杂着空调运转的声音,缓缓地把自己的话连贯起来。

"我认为神其实就是自己。"他说,"因为神就是自己,所以一切事物都是为了配合自己而存在,自己的命运之所以被如此安排,也全都是为了让自己幸福。所谓幸福,是一种超然的状态,就是那种永不停歇的飞奔状态。这也是我的终极目标,我周围的一切都是为了把我带向那种境界而存在。"

为什么春美的男朋友会若无其事地坐在被妹妹称

作"精神病人的隐居地"的房间里，跟初次见面的我侃侃而谈什么幸福呢？虽然觉得不可思议，但我还是点了点头。

"为了达到那种境界，我尽量让自己维持一种悲惨的境况。我不爱春美，岂止不爱，我简直讨厌她，但我还是勉强接受了这份黏黏糊糊的爱情，和这个张着脏兮兮的大腿的女人一起生活。工作嘛，就是伴着紫色的灯光和长了老年斑的老太婆鬼混，紧紧贴着她们下垂的胸部跳舞，她们呼叫，我就去陪着，呕吐完了回家后，春美还不肯让我一个人待着，黏黏糊糊地跟着我转来转去。我的生活真是糟糕透了，换作一般人早就发疯了，但我刻意这样去做，刻意和一个自己不爱的女人一起生活，刻意做着自己不喜欢的工作。睡着的时候我就成了一个人，坠入睡眠中我就能彻底变成一个人。这种时候，我会在心里反复想，这就是最糟糕的生活，然后我就清空大脑，反复告诉自己：'我就是神。'于是我渐渐明白了，渐渐看见了自己想去的地方，看见了永恒的幸福。快了，很快我就会得到救赎了。"

他停了下来,只有空调在运转,发出干巴巴的噪音。窗帘的缝隙处露出橙色的朦胧日光。

"听懂了吗?"他看着我,笑着问。

"不太懂。你被彻底救赎之后会怎样呢?"

"应该没什么关联吧,因为所有的感情都会得到肯定。弄到那种药物后获得的快感不也是这样吗?哪怕睡在下吕的海上也会笑的吧。"他面带笑容地盯着我,回答道。

很久没在家里泡澡了,我把散落在厨房里的录像带拿了两三盒带到浴室,一边泡热水澡一边播放。本以为会是什么电影,谁知事与愿违,大屏幕上出现的竟是我和妹妹。我和妹妹走进房间内的隔断,轮番换装,然后走到摄像机前,我们相互打趣,抛洒着夸张的笑声。这是父亲拍摄的家庭录像。接下来录像机到了我的手里,穿着带光泽的廉价绿西装的父亲和妹妹出现在里面,他们在厨房里奔忙,挥舞着香槟酒瓶,大喊大叫着拔下软木塞,银色的泡沫飞溅出来,妹妹、父亲和画面上都溅上了水滴。欢闹声太吵了,我关上了开关。

在热水温软的触感中，我想起了春美男友的话，喃喃自语道："我就是神。"

我反复低语，心情却没有任何变化。

"你要清空大脑。"临别时他这样告诉我。要全神贯注地让大脑空空如也，然后将自己和外界隔离开来的皮肤大概就会溶解在空气中，清除人体这一框架，就会了解自己的无限延伸性，渐渐理解自己就是神这一点。我尝试着这样去做，可是要将大脑中的种种想法驱逐出去实在困难，所以我最后还是放弃努力，从浴缸里出来了。

窗外薄云笼罩，混沌的天色让人分不清是晨曦还是夜幕。我以前从未来过这座近海的小镇，要不要等工作结束后去海边看看呢？我正一边喝着让人送来的咖啡，一边暗暗盘算。门开了，野田草介走了进来。

"抱歉，让你跑这么老远。"他拖过一把椅子，说道。

"不会，要是没这回事，我还不会出门呢。"

野田草介带着笑意，从胸前的口袋里掏出烟，放到桌子上。从窗户向下看去，一群穿短袖衬衣的男人排成一队，阔步走了过去，我这才弄明白现在是凌晨时分。走过的行人都带着伞。

"真有点不可思议呢，这么偏远的镇上居然也有这么多人在守护着自己的生活，他们也会因为今天潮湿的天气而心生不快，也会担心下雨。"

他没有回答，谈话变成了我的自言自语。

"不过完全没有关系啦，我在这里，你在那里，很多人从窗外走过，心里还惦记着天气和挤高峰上班等事情。"

"然后等突然回过神来时，就成了这把年纪了。"

野田草介冷不丁蹦出一句，可是我不知道他这句话因何而起，所以没再开口。喝了一口凉凉的咖啡，我面向他开始自己的工作。

"你不觉得医院和教会挺像的吗？都是只有必须去的人才会去，只有特定的人才会去。这是前些日子我无法入睡时突然领悟到的。这两个地方都很安静，还有几分肃穆，不是什么愉快的去处啊。"

说着说着,我突然想起一个问题:自己和这个人认识多久了?我之所以会感觉和他老早以前就见过,大概只是因为自己一有时间就会琢磨如何给他讲故事吧。

"我母亲在我上高中二年级时住院了,住了好久好久。母亲入院那天,我们就像旅行一样,把睡衣、毛巾、时钟、长衫塞进包里,父亲开车,母亲坐在副驾驶席上,我和妹妹坐在后排,像极了要出去郊游。以往我们总是猜拳决定放谁喜欢的歌,那天播放的却全是母亲喜欢的。

"可是我们到达的不是绿意盎然的草地,而是一座带大型停车场的巨大的白色建筑物。不知为何,大家突然陷入了沉默,下车后无声地走向那座建筑物。"

草介抬了抬眼皮,似乎微微张口说了句"啊",浆洗得笔挺的衬衫随着他的呼吸微微抖动。

"从停车场到医院是段缓坡,站在医院入口处往下看,停车场上的车子仿佛勾勒出了奇妙的画面。刚一走过自动门,医院的气味就扑面而来,那是一种清洁的气味,闻上去就像拒人于千里之外的赝品似的。里面有自动扶梯，小孩子在跑来跑去，那情形有点像百货店，但那种气味明确告诉我这不是一个令人激动的地方。走在最前面的父亲突然回过头来，提议说时间还早，要不要去吃饭，于是我们又沿着来时的路折返，走进医院前面的一家饭店。医院前面有处宽敞的院子，院子对面有一间饭店、一间花店和一间书店，三家店并排挨着。食物、花、书，我觉得这真是一个不怎么协调的组合。

"在饭店里，父亲对母亲说：'医院的饭菜肯定不怎么好吃，所以应该趁现在大吃一顿。'可是，母亲午餐只吃了一点儿青菜，我和妹妹不知为何也吃不下，只有父亲一人吃了很多。

"只不过住个院而已，我们却觉得气氛怪怪的，这绝非因为闻到了医院的气味。"

我喝了一小口咖啡，咖啡冷了，没有一点儿香味。

"终于进了医院，里面有一条笔直的长走廊，有像迷宫一样分布着的很多拐角，还有许多楼梯。门诊窗口热闹得很，然而踏上病房楼的瞬间就没了人气，悄无声息。虽然感觉上是夏天，但是冷得很。一切都像是假的，走廊上的窗户很大，虽有满满的阳光照进来，却感觉不到一丝暖意，只觉得冷，被打扫得一尘不染的地板也干净得失去了现实感。我一边走在那充满虚幻感的地方，一边想象着地下的太平间，巨大的冷库里雾气缭绕，几双泛着青紫的脚并排放在里面。一切都和现实隔绝开来，只有太平间充满真实感。就是这样，我觉得那么寒冷。

"母亲毫不犹豫地走着，乘上了电梯。我们三人各自拿着行李，默默地跟在后面。我们到的是个四人间病房，打开房门的瞬间，一下子变得热闹起来。一个看上去像是做'妈妈桑'的中年女人和一个编着发辫的女人正在边看周刊杂志边大声谈论，一个年纪尚轻的女孩子入迷地看着一台小型电视。我们把行李放在角落里一张平整得没有一丝褶皱的床上，然后就像刚入学的新生一样和周围的人打招呼。"

草介轻轻伸出手，握住正在讲述着的我的手。他的手掌又冷又硬。野田草介就那样紧紧握着说个不停的我的手,用手掌抚摸我的脸。我体会着他手掌的触感,继续说下去。

"然后我们三个人回家了。医院很干净很好呢,里面的护士小姐真漂亮,同病房的人看上去心地都不坏,……我们三人刚一在餐桌前坐下,就七嘴八舌聊了起来。家里还残留着母亲的气息,我们格外清晰地感到妈妈不在了。挂钟、沙发、电视、冰箱、微波炉,一切通通跟以前一样,我们却觉得什么地方变了。所有的一切似乎都清楚地知道,从今天开始母亲将消失一段时间。它们真是居心叵测。

"洗完澡,父亲把我们叫到一起,若有所思地坐在厨房的餐桌前,告诉我们母亲可能回不来了。从听到这件事的那一刻起,我就想把母亲的气息从这个家里驱除,仿佛不再需要逐一确认母亲已经不在了的事实。母亲为人严厉,家里的禁规多得数不清。回到房间后,我一条一条地回想着,心想这些事今后全都可以做了。手帕必须每天都换,不可以煲电话粥,必须和男孩子保持必要的社交距离,不能吃会让肚子里长满虫子的果汁软糖，回家以后必须洗手，饭店里送来的香菜不能吃，参加节庆大集时不许在露天小摊上买东西吃，每天结束时必须向神祝祷，绝对不可以撒谎……。我想：这一切今后都可以做了。

"可是我做不到，就算可以做我也做不到啊。因为母亲并非彻底不在了，她仅仅是暂时离家而已，所有的一切都换成在白色的病房中看美食书、玩字谜游戏、用随身听听磁带。

"过了没多久，我开始每天都会做奇怪的梦。总是做光怪陆离的梦，我便在枕边放了一个笔记本，醒来后马上记录下来。有一次，在梦里，小时候的我穿着夏日单和服去庙会，就我一个人。和服袖子沉甸甸的，因为越来越重，我便走向庙会上的灯，灯光越来越近，我往袖子里张望，看里面到底放了些什么，却看到两只袖子里都放满了数不清的百元硬币。庙会上只有一家店铺，既不是点心铺，也不是射击游戏店，而是卖小雏鸡的店，是彩色的小雏鸡。我把塞满袖子的硬币全都拿了出来，买下了彩色的小雏鸡。该回家了吧。彩色小雏鸡到处乱跑，我一边心满意足地看着许多温润柔和的色彩四处跑动，一边在它们的包围中睡去了。醒来后却发现它们全都死了，地板被密密麻麻的五颜六色埋在了下面。"

下雨了。细小的雨滴仿佛被磁石吸住的铁砂一般挂满了玻璃窗，窗子下面的道路和提着购物篮的女人都化作朦胧的色彩。

"我大概持续写了一个月的'梦日记'，学校要求交作文，我便把它交了上去。老师一脸严肃地把我叫出来，问我这是不是真的是我的梦。我回答是，结果老师告诉我说，如果把梦写下来，迟早会精神失常。我觉得精神失常也无妨，因为那样的话，事情就会很简单，一切就都好说了。煲电话粥也好，撒谎也好，吃果汁软糖也好，把头发掉进味噌汤中也好，哪怕我把这些不允许做的事情做个遍，也只需说一句自己疯了就完事了。然而我无比正常，无法去做不能做的事情，我依然不停地做着奇怪的梦，尽管我对白色房间里的妈妈感到十分抱歉。"

故事还没有讲完,我就此闭上了嘴。太累了。我想和野田草介像死去一般大睡一觉。

草介知道我不讲了,便站起身来,仿佛重复举行固定仪式一般躺到了床上。我们并排躺着想象死亡,在这封闭的房间里,我和对他讲过的故事仿佛一起彻底消失了。

雨、海、时间,一切都随它去吧,因为我再也不会醒来。还有今天未讲完的故事,等下一世在什么地方遇到野田草介时再讲给他听吧,我迷迷糊糊地想。

5

我被一阵电话铃声唤醒。已经是早晨了吗?向外看去,天色尚暗,拿起电话听筒时还不到十一点。

"半夜三更突然给你打电话,实在抱歉。我一直打电话,你却总是不在。"

听筒那边是从未听过的陌生声音,迷迷糊糊之间我还以为是在做梦。

"我是野田草介的妻子,谢谢你一直照顾我丈夫。"

我沉默了一会儿,然后把陌生声音说的话一一串联起来。

"啊,我该谢谢他关照我才是。"

说完之后我想:睡着了真好。因为大脑中残存着睡意,我既没有感到吃惊,也没有慌了手脚。

"第一次给你打电话,提出这种要求实在是冒昧,但我还是想见你一面。"

她的声音冷静沉着。

"好。"我回答道。

"你会跟我见面吗?"

"是的。"

"什么时间合适呢?"

"我有时间,什么时候都可以。学校也放假了。"

"那好吧。"她说。

她告诉我时间和地点,我在眼前的纸片上记了下来。如果这是梦,我要告诉野田草介,我一边想一边闭上眼睛。

准备早餐时,我看到了扔在地板上的纸片,这才想起来不是梦。我把浴室的窗户打开一条缝,一边看着高远的天空一边泡澡。我的视线追随着仿佛融化开来的薄云,漫不经心地想着刚才发生的事情。野田草介的妻子会穿什么样的衣服过来呢?她眼里的我又会是怎样的呢?她会对我说什么?我又想起了春美的男朋友,假如真的如他所说,身边的一切都是为了自己的幸福而做出的刻意安排,那么野田草介,还有其他那些向我买欢的男人,以及野田草介的妻子,他们为我带来的幸福又是什么呢?我茫然地追随着悠悠飘荡在高高天空中的薄云。

我乘电梯上到顶层,来到屋顶。孩子们正在嬉戏追逐,爸爸们坐在长椅上抽烟。一条垂下的幕布上写着"昆虫大甩卖",许多昆虫笼子摆在那里,亮闪闪的。热辣辣的太阳照遍了并不算大的屋顶上的角角落落,阵阵温热的风吹得白衬衫鼓胀起来。我在角落里的长椅上坐下来,看了看表,离约好的时间还有五分钟。我寻找着看起来像野田草介妻子的女人,却因为旁边林立的高楼反射的太阳光把眼前照得一片亮白而看不清楚。眯缝着眼仔细再看时,听到有人叫我的名字。回过头去,一个身穿和服的瘦小女人正居高临下地俯视着我。

"是……野田太太吧?"

她笑盈盈地点了点头,在我旁边坐下来,把带刺绣的白色太阳伞收好,放在膝盖上,瘦骨嶙峋的纤细手指上戴着一枚银戒,银戒发出暗淡的光。她满头白发,眼睛跟野田草介一样浑浊,手掌上的血管清晰可见。

"天气真是不错,最近一滴雨也没下呢。"

她眯缝着眼,扫视着屋顶。我用眼角的余光偷偷打量着她。

"今天劳烦你专门跑一趟了。其实我本想跟你道谢的,还想请你今后也多多关照。当然了,我也想亲眼看看你。"

她并不看我,自顾自说道,然后伸出白皙的手捂住嘴笑了。真是个美人,我暗想。

"你说过学校放假了,你是学生吗?"

"嗯。"

"你是学什么的?"

"我的专业是美术史。"

"哦。"

她使劲盯着我,点了点头。这人真诡异,气氛也诡异,我想赶紧结束谈话离开这里。

"这种事已经发生过很多回了。我呢,也见过许多人,但是像你这么年轻的还是头一回,我还担心能不能顺利交谈。"

也不知道什么事让她这么开心,她又笑了起来。与一心想赶紧离开的我正相反,她说个不停。

"我始终觉得,他仿佛置身于遥远的什么地方,哪怕和他膝碰膝地对坐在一间六张榻榻米大的房间里,我也感觉不到他与我近在咫尺。对一位初次见面的人说这种话,着实有点难为情,不过我早就单方面想象过你,平时经常想,所以好像并没有觉得这是初次见面呢。他就是这么难以捉摸,就像悬浮在离地面好几厘米的半空中行走一样,然而他背着我见缝插针地找女人。年轻的时候啊,我会发了疯一样把那个女人找出来,然后怀里藏着菜刀去找她,还跟她说让她离开,否则就去死之类的话。"

她又一次笑了,开心得仿佛谈起远足时的趣事。看着她的笑脸,我情不自禁地插嘴道:"那很幸福的呀。"

"幸福?你这话倒很有意思。为什么呢?"

她盯着我看,目光和善。

"因为你很充实呀。你那么爱他,能够真实地感受着这份爱,这样活着,我想就是幸福的。"

虽然嘴上这样说,我心里却在想:野田草介绝对做不到这样活着。

"是啊,也可以这样想吧。"

她拿出手帕,拭了拭额头。

"不过呢,我倒是渐渐想明白了。所谓夫妻、所谓爱到底是什么呢?他对关于你的一切绝口不提,可我还是能够洞若观火。就算他不说,我也能打探到有你这样一个人,甚至能来找你,而且我不用问,也知道你是个什么样的人。你跟我想象的完全一样嘛,我坐电梯上来,站在入口处看到你坐在这里时,就想要表扬自己,因为我推测得太精准了。他就算什么都不说,我也能了如指掌,这可真是值得自豪啊。"

额头上不断渗出的汗让我极不舒服。风每次吹过衬衫时,被汗打湿的腋下都会凉飕飕的。一个小孩子提着昆虫笼子从我眼前跑过,他妈妈从后面捉住他,拿纱布帮他擦脸。小孩子发疯一般大笑不止。

"他不是通过我,而是通过像你这样的年轻女孩子让自己焕发活力。某种意义上说,他健康且幸福,所以我也渐渐明白了,这根本没什么好悲哀的,而且更重要的是,我就算对他放任不管,也深知他那些不为人知的秘密,大概这才是我期盼的夫妻关系吧。所以,不管是谁让他健健康康、感到幸福,我都打心底里感谢那个人。"

她不看我,兀自喋喋不休。我盯着她和服衬领上的刺绣,衣领处露出的白皙锁骨小幅地上下滑动着。

"虽然我来找你,但是没有半点儿阻止他和你见面的意思,因为我已经认了这一切——真的,什么样的女人都无所谓,什么样的女人都是一样的。我来见这些女人,包括你在内,都是希望你们能让我的他充满活力。也就是说,我压根儿不认识的一群女人正在间接给我带来幸福,就像是接连不断地在帮我擦鞋一样。"

她大声地笑了起来,声音大到令人侧目。

"所以,所以啊,我就把他拜托给你了,虽然对你而言,他或许只是一个有钱的糟老头子。"

她笑个不停,从手提包里拿出一个小包。

"大热天的,真是抱歉。这是我的一点心意,请收下吧。"

我从她白皙的手中接过那个小包,她仿佛很开心似的微笑着,问我要不要下去喝杯冷饮。

"不,不用了。我还要去别的地方。"我回答。

"哎,你这么忙,真是不好意思。"

她撑起太阳伞,站了起来,对着我弯腰致谢好多次,然后丢下坐在那里一动不动的我离开了。在小孩子的笑声中,我目送着她瘦小的背影渐渐远去。

我长长地叹了口气,引得那个小孩子不可思议地抬头看我。我又想起刚刚坐在旁边的那张优雅的脸,对他放任不管却也了如指掌的你唯有一件事不知道。你不知道我和野田草介一起度过的时间是什么样子，你永远都无法进入我们的时间，只能永远这样子远远地感受野田草介。这的确没什么好悲哀的，因为你可以自己定义幸福是什么。对着那张浮现在脑海中的白皙面孔，我低语道。

把那个折得小小的包对着太阳，隐隐看得见里面有一叠"福泽谕吉"①。我把它收进口袋里，走进把写着"昆虫大甩卖"的幕布拦腰截断的电梯，下到三楼后，边走边到处看展示的衣服。很奇怪，那些陈列展品没有一样能够吸引我，我根本不知道有什么值得买。我开始焦躁不安，往常早就该埋在好多衣服里的两只手低垂着，手里握着那个白色的小包。

我转头看去，视线聚焦在玻璃窗里挂着的一件白色连衣裙上。我让店员帮我拿了过来，在试衣间换上，穿着它逃也似的离开了百货商店。

---

① 一万面额的日元纸币的简称，因图案印的是日本思想家、教育家福泽谕吉的图像而经常被用来指代万元面额的纸币。译者注，下同。

在卡片上写下三张唱片名，然后我在常坐的座位上坐下，一边摆弄着笔挺有型的衣领，一边等候指针合上。试听室里照例没有什么人，只有一个穿针织开衫的女人独自坐在角落里。她扣着耳机，目光落在一本包了封皮的文库本上。太阳移走了，在离我的桌子不远处描画出一个奇怪的四边形。

耳机深处很快传来若有若无的音乐声。我把手交叉起来放到桌子上，他开始唱之前传来的那种类似下雨的声音，虽然微弱，却传达出丰富的意象。他确确实实曾经在这个世界待过，经历过什么，感受过什么，所以才这样子唱歌。他已在很早之前，在我不知道的什么地方沉湎于某种药物，然后一个人孤独地死去。时间吞噬了这一切，连唱片都有了伤痕。

总是听的那首歌很快响起，我终于安心了，陌生的白色衣服也完全熟悉了我的身体。

从前的那些图书管理员正聊得兴致盎然。我恍恍惚惚地凝望着她们手舞足蹈、前仰后合地笑。他的歌声把她们的声音阻隔在我的耳朵之外，可是我在想，或许取下耳机，我也依然听不到她们的声音吧。他的歌声里，执着与绝望共存，软弱与坚强同在，感觉似乎将要把我带去什么地方，带去她们的声音到达不了的什么地方……

"要找到一种不依赖神仙和药物的方法"，我想起春美男友的话，"清空大脑，反复告诉自己：'我就是神。'"

我闭上眼，努力清空大脑。这也太难了，于是我尝试想象运动场，大得没有边际、在热辣辣的太阳下面看不清颜色、只剩下一片亮白的运动场。这样一来，似乎容易得多。白皙的锁骨，胸前的刺绣，野田草介弯曲的手指和僵硬的手掌，被我搬来的物品再次填得满满当当的起居室，我要努力忘掉这一切。运动场在我的想象中漫无边际地浮现，没有边际的天空中空荡荡地回响着他那如泣如诉的歌声。

6

"请接着上次的往下讲吧。"

刚一进入房间面对面坐下，野田草介就看着我说道。

"嗯。"我应道。

我看向窗帘外面。窗户正下方是一片开阔的停车场，反光的灰色被白色、红色、绿色的车子填得满满当当。

"那个……，我讲到写'梦日记'，是吧？我连续写了一个月的'梦日记'，为什么在一个月的时候结束了呢？因为不再做梦了。不光是我，我们全家都是。

"母亲住院的时间比我们预想的要长，当然了，起初这对父亲和我们来说都是值得高兴的事情，可是太长了。我升入高三，到放暑假时母亲还在住院。家里残留着母亲的气息，总觉得像亡灵一般，我真想把它驱逐出去。"

我想起野田草介的妻子。她那软罗和服衬托下的优雅脸庞，瘦骨嶙峋的手指上戴着的银戒，无论如何都和眼前侧耳倾听的野田草介无法重合，她的身影渐渐遥远模糊起来，甚至让我觉得，她是我为了和野田草介说话而想象出来的人一般。

"一开始住的是四人间，接下来挪到二人间，再然后是单间。高三暑假开始时，父亲以为真的到了最后时刻，所以让母亲住进了特别病房。单间里有小厨房和简单的沙发，比较干净漂亮。可是母亲依然活着。我们多少次接到医院电话，半夜或一大清早赶过去，就像逃生演习一样不顾一切地坐上车，紧张不安地奔向医院。可是每一次都只是增加了打点滴的数量或者房间里多了一台大机器而已，母亲依然活着。不过母亲已经不能起身、无法说话，神志也渐渐模糊起来，就连手都抬不起来了。母亲的心脏还没停止跳动，因为医生想方设法不让它停止跳动。只有心脏还活着，被强制维持着活着这一状态。

"可是父亲只是一名普通的公司职员，不是那种坐在椅子上翻翻周刊杂志就能月入几百万日元的人，我和妹妹上的又是私立高中，而且我还想考私立大学。因为只是维持母亲的心脏不停止跳动，就需要我和妹妹的学费加上父亲的工资那么多钱，所以我们三人发疯一样工作，父亲每天加班不止，妹妹在快餐店、我在家庭餐厅打工。

"不知不觉间，与其说为了让医院里不能动弹的母亲多活一天，不如说更像是为了让我们三个人同时活下去。我们三人深夜从员工入口离开医院，沿着通往停车场的漆黑下坡往下走，疲惫不堪中，我闻到一种奇怪的气味，分不清是医院的气味还是死亡的气味，就是小厨房和沙发上都沾染上的、弥漫在整个病房中的那种带着酸甜味的烂水果气味，我们身上全是这种气味。突然间我就在想：'我们在做什么？'去上学，旷补习班的课去家庭餐厅打工，来医院，在奇妙气味的包裹中凝望着一动不动的母亲，听器械的声音……。我想：可否让这一切都消失呢？……我发现不单单只有我这样想，走在旁边的父亲和妹妹都是一样的想法。任由事态这样发展下去，父亲大概会打错方向盘吧。所以我又强打精神，开始想明天午饭的面包和家庭餐厅里的大玻璃窗。随便说点什么吧，于是我说：'今天来了这样一位客人，真是气死我了。'我一句话让他俩也从正在下沉的地窖中抬起眼睛。"

边桌上的咖啡已经冷了，我本想把那黑色的液体灌进喉咙,却又忍住,继续讲了下去。

"有个愚蠢的护士,还把走在钢丝上的可怜的父女三人叫住说:'你们知道妈妈生的什么病吧?既然知道,就多来看看她。'这名新手护士活像打了鸡血,就像第一次逮住小偷的警察,浑身充满同情心与正义感,气呼呼地瞪着我们。听她的意思,难道父亲不来医院,是在和年轻女人调情吗?或者她以为我让男朋友陪着自己在迪厅的台子上狂舞吗?可是当时我们连张口说话的精神都没有了,三个人面面相觑地苦笑。她那话说的,就像在说'你们对将死之人不管不顾'一样。

"我穿着超短裙制服,拿着菜单,脸上堆满笑容,嘴里说着学来的话,'二号两位,十一号加小孩子一共五人'之类的,一小时赚八百日元。可是没有任何意义啊,就算我一小时挣八百日元,母亲却连眼皮都睁不开,偶尔睁开也根本不认得我们了。

"可是,比起一动不动的母亲,更可怕的是钱啊。"

我望着野田草介,声音越来越小。野田草介没有移开目光,回望着我,灰色的眼睛仿佛无底的沼泽一样，将他的所思所想完全掩盖住。如同刺探无底沼泽的底部一般，我盯着他的眼睛继续说道：

"虽然只是普通家庭，但是在那之前，我和妹妹在物质方面还是出人意料地富裕的，然而突然之间，我们变得一无所有了。拖鞋磨出洞了，我们却张不开口要钱。从学校去家庭餐厅的路上，我一有时间便会去街上转转，虽然没什么特别需要的东西，但是我疯狂地想花钱。没有任何价值的假首饰、古董、一排排的餐具、根本不可能读的哲学书，还有颜色漂亮的卡扣式和服带子、艺术包装纸、芬芳怡人的香料瓶……。我什么都看，一样一样地把它们拿在手里看价格。我看遍了所有的价格标牌，因为看得太多，小纸牌上写着的金额看上去便只是数字了，比如八万五千九百日元的连衣裙在我眼里就只是八、五、九。看着那些数字，我在心里拼命地想要记起钱的价值，比如这条连衣裙我必须工作一百小时才能买到手之类。《世界名著NO.50 克尔凯郭尔》得两小时，市松纹的手帕要半小时，劳力士的防水款手表要五百小时，蓝色烛台要十小时，玻璃胸针要六小时……。就这样走着走着,我知道自己内心的物质欲望已经形成了,然而我完全不明白自己究竟对什么充满了物质欲望,我并没有什么明确想要的东西,也不知道为什么想要,只是有一种无论如何都想要什么东西的渴望腾空而起,不断卷起旋涡,在我的心中形成巨大的石块。

"我对那石块束手无策,就去偷了捐款袋。每天做礼拜的时候都会收捐款袋,我们按照参加的序号轮流负责收,我忐忑不安地等着轮到自己的那一天。不是一边唱赞美诗一边收捐款袋,然后再做感恩祷告吗?那个时候所有人都闭着眼睛,所以我就偷偷地把袋子换掉了。其实也没有几个钱,但是那天我带着那个钱从百货店一楼开始挨着转,却什么都没有买,只有类似于焦虑感的物质欲望在心中翻江倒海。

"当然那件事很快就败露了。我被叫到办公室,被盘问为什么要那样做。老实说,我发现自己当时完全不知道想要做什么。我盯着老师的蓝色马海毛毛衣,思索着该怎么说。想买本新《圣经》,想和男朋友约会,……我想到好几个老师希望听到的借口,却一个也没有说出口。你瞧,因为当时还躺在医院的母亲告诉过我绝对不可以撒谎。

"就这样,不光是我,我们每个人都在悄然改变。父亲回家时,在车站的天桥上被向他打招呼的占卜师缠住,莫名其妙地向其和盘托出母亲的情况,然后差点儿被推销五百万日元的水晶球。只因为那人跟他说:'有了这个,你太太的病绝对会好起来。'父亲居然信以为真,想要买,可是那只是一块玩具一样的石头啊。不过,他不是没钱吗?他拼了命地凑钱,去典当行,还求遍了亲戚,去跟他们借,不过所有人都拒绝他了。明摆着嘛,正常想一想,马上就能明白被骗了,而且为了一时的安慰花五百万日元也太贵了呀。父亲想通过贷款之类的方式借钱,我和妹妹拼命阻拦,因为借了也绝对没办法还啊。那个水晶球是真是假先不说,我们讨厌关掉电灯啃面包边的生活。大家都太累了,一定是这样。就这样,所有人都累得不正常了,母亲的身体状态也相应地越来越糟糕。本来像湿透的伞一样消瘦,转眼却又在药物的副作用下肿胀得胖胖的。预备了文字板好让她表达自己的意思,可是她连胳膊都抬不起来了,很快,鼻子和嘴都插满了莫名其妙的管子,打点滴的数量也在不断增加,到了最后,却又开始把她的双手绑在床腿上了。据说因为喉咙里插管子太痛苦,病人可能会无意识地扯下来。扯掉管子会死掉,所以要用白布条把她的手绑住。母亲肿胀的手上重重叠叠地布满红圈。

"走出医院,父亲在通往停车场的半坡上停下脚步,频频回望。耸立在朦胧夜色中的高楼里全部熄了灯,只有零星的苍白的光渗出来,父亲冲着那淡淡的光挥了挥手。我想问父亲在向谁挥手,话却卡在嗓子眼里没能问出来。我不敢回头,仿佛肿胀起来的母亲就站在那苍白的光线里。

"过了不久,我开始怀疑母亲是不是不愿活下去了。因为她虽然还有意识,却只剩下痛苦,而且手还被绑了起来。于是有一天晚上,我和妹妹商量好,半夜偷偷潜进了医院。为方便急症患者就诊,紧急入口总是开着，我和妹妹就是从那里进去的。

"午夜的医院美得不像话，简直不像人间。月光从窗子照进来，把长长的走廊染成湛蓝，阒无声息，远处稀稀落落亮着几盏紧急通道口的绿灯。似乎我和妹妹还说过'真像天堂里的圣诞节呢'。我们简直就像在玩大冒险，我和妹妹蹑手蹑脚地走上总共九层的楼梯，悄悄钻进特殊病房楼里。所有的门都打开了一点点，从每扇门的同一角度我们都可以看到被月光染成蓝色的床单。我想：床单上的每个人都已和死亡手拉着手，所以才会那么美。我们总算来到了妈妈的病房，这里和其他病房一样洒满月光，她满脸痛苦地躺在那里，正在打着点滴的手腕依然被缚住。

"很简单，帮她把绑着双手的白布条解开就好了，这样她或许就能自己无意识地把插在鼻子和口里的管子拔掉了，而且拔掉之后她就无法呼吸了，早晨就会变得冰冷。我想：母亲一定也希望如此。我和妹妹把手伸向那吸饱了月光的白色布条，就在那一瞬间，母亲笑了，微微地笑了。她可是一个自己都无法呼吸的人，一个自己连眼皮都抬不动的人啊！我和妹妹冻僵了一般停住了手。"

我停止说话，竖起耳朵，两手交替着把记忆的线索往外拉扯。

"不对，不对呢。想那样做的人是父亲，因为父亲真心爱着母亲，他太爱那个忙里忙外的美丽的母亲了，所以母亲那开玩笑一样鼓胀的全身上下，还有那被绑住的两只手腕，母亲的这副模样太让他难过了啊。从蓝色的冰冷的走廊上蹑手蹑脚走过的分明就是父亲。父亲偷偷地走进病房，凑近躺在那里的苍白的母亲，握住她的手说'再见了'来着。母亲突然紧紧地回握住父亲的手，父亲大吃一惊，看向她，却只见母亲安静地闭着眼睛，可是却握着父亲的手不放，一直握到早晨，所以父亲一直没办法让她死去。"

我深深地吸了口气。

"不，我在撒谎。当时想让她死的人也有我，我两次都想杀了她。我在仿佛沉入海底一般湛蓝的走廊上徘徊过。"

野田草介仿佛一只用旧了的海绵一般，把我的话全部吸了进去。我猛然意识到自己记忆的匣子里已经乱成一团了。事实的搁架，空想的搁架，想要相信的搁架，不愿相信的搁架，谎言的搁架……全都横七竖八。或许我的的确确好多次潜入过午夜的病房，试图把她弄死，实际上也解开了布条。不对，或许我是躲在门后，眼睁睁看着父亲企图做同样的事情。累到极点的我们产生这种行为的根源是什么呢？是自我防卫，还是对母亲的爱呢？抑或这一切都只不过是虚妄的想象而已？不对，之前我真的和妹妹去过阒无声息的走廊吗？我偷过捐款袋吗？母亲到底住了多长时间的院？就连这些事都变得像被雨淋过的颜料一样不清晰了。

弄乱我的搁架的就是这个安静的老人，是他的沉默。虐杀婴儿，导盲犬从火灾中救出盲人，春日里最早开放的樱花，老年人的孤独死亡，骗保谋杀……。我的记忆就像这些浅浅流淌的新闻一般在他的面前流淌着，然后在他的内心化作淡漠的现实。更美丽的事物，更悲伤的事物，更残酷的事物，更妙趣横生的事物……。我心中流淌的记忆将这些东西和谎言、空想一起通通拿了进来,然后将它们整整齐齐地摆上陈列架,乖乖地等待他伸出手取走。我在内心深处更加盼望着经常来到他的面前,用这样的方式和他遥相呼应。

我将冷透了的咖啡含在嘴里,调匀呼吸。撒谎也好,真实也好,总之都是为了继续讲下去。

"她死的那天,我们办完所有的手续之后去了位于医院地下的一家大型饭店。父亲只说了一句话,他让我们尽情地吃。浇了蘑菇沙司的软煎蛋卷、鸭肉派、扇贝汤、豌豆汤、甜虾沙拉、牛肉卷、生煎鳕鱼,我们敞开肚皮大吃了一顿。虽然母亲的离去令我们十分悲伤,但是毕竟再也不用站在车站前面的面包坊里为钱包里的钱发愁了,洗澡水和电也可以随便用了,还能打电话了。再也不用双腿僵直地站在那里洗脏盘子了,同学喊我们回家路上去吃东西时也可以答应了。这些事情都实实在在地让我们安心。

"可是,一旦停下右手里的刀子站起身来,又会觉得自己实在太过分了,母亲死了,我们居然感到安心!

这样子站在那里,我已经不能自已,手已经不听使唤了。大摊大摊呈咖啡牛奶颜色的血,布满黄疸的肿胀的手腕,那带着酸甜的独特气味、打完点滴后的紫色瘀斑,……这些就像水枪喷水一样喷射出来,我再也吃不下了。'不要停下来,'父亲说,'我们还有别的回忆。'也许父亲提前想到会有这一刻,所以一直在寻找九楼九〇三室里寥寥可数的美丽事物,比如一尘不染的床单、床单上形状怪异的阳光、无法打开的窗户外面的绿植、母亲的指甲、母亲心仪的马克杯上温柔的配色。父亲一定刻意训练过,他每天都检视一般把它们一一找出,凝望着它们,让自己的心平静下来。父亲猜到迟早有一天会忆起今天,迟早有一天必须接受身后留下的这一切。为了让这一切在那一刻不会停止,为了能够条件反射地记起来,我们在想象中制作了两只抽屉。父亲在其中一只抽屉里塞满如母亲指甲形状的东西、白色床单和马克杯等物品,我和妹妹为了在此刻能够将桌子上的饭菜全部吃掉,拼命模仿父亲,又做了一只抽屉。

"不过呢，还存在另外一只抽屉。好像是保险还是什么，总之后来我们得到了一开始难以置信的一大笔钱，好像是一向深谋远虑的母亲从年轻时就开始买保险，买了好多份。这消息与其说是晴天里的一声响雷，不如说像晴天白日里看到天崩地裂更为恰当。于是我们都完全不需要工作了，我们突然发现每个人其实都还拥有另外一只抽屉，那里面盛着站在空无一人的九〇三室里的滑稽可笑的自己。也许她不想活下去啦，只剩下痛苦啦，这样的生活没完没了啦……，无论理由是什么，总之我们都曾经一度想要让母亲死，我们都曾想亲手杀死母亲。母亲死了，换来的将是一大笔钱，对吧？我们对此心照不宣，三个人齐心协力，'一、二、三'，然后'砰'的一声关上了吱呀卡顿的抽屉。我们彻底关上了与母亲有关的抽屉。

"从那天起，我们开始开派对，我们三人每天都大把地挥霍，家里的灯一直开着，每天摆满美味佳肴，通宵放着唱片看电视。父亲还呼朋唤友，喝得酩酊大醉后乱叫乱闹。之前我不是为了克制心中汹涌的购物欲在街上逛来逛去吗？现在我疯狂地购买衣服和杂货，这样子心里就能安稳一点了。我和妹妹放学之后相约着买回黄铜床，买根本不会穿的派对礼服裙，买勒·柯布西耶的成套餐桌椅，真正的狗死了以后还买了一个大型陶瓷摆件狗。我们不是还穿着学校制服吗？两个身穿制服的孩子站在德国整体厨房前讨论什么'是不是觉得这套整体厨房很不错'，还把它全部买了下来，这是不是有种盗窃团伙的感觉啊？当时真是可笑极了，我们俩坐巴士回家后都累瘫了，毫无意义啊。我们厌倦了这一切，已经买得太多了，我们的累毫无意义，悲伤也毫无意义，所以我们在巴士上商量了许久明天该去哪里，最后决定把家里的餐具通通扔掉，统一换成萨扎比的。我们决定明天就去品川的展厅，这样我们的期待与兴奋就能一直延续到明天了。

"像这样奢侈的喧闹持续了好一阵子，期间我通过推荐审核进入了大学，妹妹也高中毕业了，我们闹腾了足足一年多。就这样，有一天父亲突然休假跑去旅行了，妹妹也住进了男朋友的家里，我们的那个家就这样带着喧闹的余韵被丢在了一边。我买了一大堆果汁软糖，在空无一人的家里偷偷地吃了起来。以前不是一直被禁止吃那种东西吗？所以放进嘴里时我还紧张得不得了，担心肚子里会长出一堆虫子。我一边把一粒一粒混合色软糖慢慢放进嘴里，一边想象着肚子里涌出许多虫子，那些虫子不断繁殖，最后将我吃掉，可是我的手却停不下来，不停地往嘴里放，一直放到觉得恶心想吐。可是我没死，第二天早晨平安无事地醒来，到那时我才知道，其实根本不存在什么不能做的事情。我们三人都是这样，都是一样的，所以他们才开始去旅行，或者过起与男孩子同居的生活。

"某一刻我会想'结束了啊'，不是派对，也不是钱，我也不知道是什么，可我就是有种强烈的感觉，有什么东西确确实实结束了，清晰而确切。我讨厌结束，当然钱也见底了，但是我依然不想结束，我隐约想：哪怕我单枪匹马也要努力阻止它结束。没有什么是不可以做的，所以我姑且决定将派对继续下去。"

我闭上嘴，让目光游移片刻，搜寻接下来该说的话。

"好累啊。"还没等到正式决定把这句话说出来,我口中已在喃喃自语,紧接着我又匆忙加上一句,"好想睡觉。"

等我去浴室冲完澡出来,野田草介已经躺在了床上。我钻到他旁边,床单挂多了浆,冷冰冰的,甚至会把人弄痛。

"你已经明白了吧?"

平静的呼吸间隙中,野田草介喃喃自语般说道。我默默地盯着雪白的天花板,听着他嘶哑的声音。

"心怀死亡的愿望入睡,想想如何才能舒服地睡去,灵魂将在彷徨中去向何方……"

我闭上眼,喃喃道:"再见。"

我想象着生了锈的棺椁盖上盖子。会不会有许多蚂蚁爬上我青紫的唇?渐渐弯曲僵硬的手指会不会压住蚯蚓那湿漉漉的身体?无边的黑暗能将我封闭吗?野田草介在毛毯下面摸索着我的手,仿佛确认一般紧紧握住。冷气关掉了,却冷得要命,野田草介的身体冷得像一具尸体。

7

沿地铁台阶走上去，我抬头看了看，天空是浅浅的粉红色。来到大马路上，寻找红色的空车灯，却怎么也没找到，所以我决定步行回家。和头发湿漉漉的、散发着氯气味道的一群孩子擦肩而过，远处传来通知关校门的《红蜻蜓》的旋律。路过一家门前摆日用杂货摆得冒尖的超市，我停下脚步，望着那些东西，买了仅供插单支花的小花瓶、烤盘和铜制锅，又在水果店驻足，买了梨、脐橙和奇异果。我走进一家门庭冷落的珠宝店，买了王冠状的白金胸针和镶五彩石的耳钉。在一家老板朝我打招呼的鱼店门口买了鲈鱼和鲍鱼。转过一家金属炊具店的拐角时，买了暗金色的煎蛋锅和薄菜刀。在邮局买了三张纪念邮票，在花店买了黄金柏，在服装店买了三双一千日元一双的袜子，在电器店买了手持摄像机，在药店买齐了维生素 A 到维生素 E，买了放在漂亮瓶子里的沐浴皂，在杂货店买了黄色工具箱和清水烧小茶壶。一边体会着越来越重的物品压得两只手臂发麻,一边全神贯注地等待,我在等待像样的思考全部被推到一边,大脑渐渐变得混沌,转瞬变成一片空白。当那一刻来临,不需我做出选择,各种东西呼唤我的声音也会充满我的大脑。就像宴会掀起高潮的瞬间一样,我大概会在毫无来由的兴奋旋涡中不停地跳舞吧。

可是我的大脑异常冷静清醒,甚至数得清在超市购买单支插花瓶之后依次买了些什么。转眼之间,粉色被墨蓝吞噬,黄昏已变成夜晚。

春美的男友站在我公寓的房间门口,见到我抱着一大堆东西回家,他笑着说了一句:"快放进去吧。"

我打开门,把怀里的东西放到地板上。仿佛被扔掉的垃圾一般,摄像机、奇异果和袜子从静止的纸袋子里露了出来。

"你明白了吗?"

春美的男友问正在烧水的我。

"明白什么?"

"所谓得到救赎。"

"不怎么明白。"

"到底是什么呢?你是为了拯救我,专门过来对我施教的吗?"我俯视着坐在房间角落里的他,问道。

"没错儿。"他严肃地点了点头。

"你肯定像我一样希望得到救赎,所以我才前来帮助你。"

不知哪里传来传呼机的低鸣,听起来像是来自收纳在衣柜里的哪件衣服。我没理会那声音,继续泡茶。

"你这人倒是挺有意思,不去救自己的女朋友。"

"那个人不需要救,愚蠢就是她的救星啊。"

"所以你的意思是我希望得到救赎吗?"

"是的,我一眼就能看明白的,你和我一样。"

我坐在他对面,一边喝茶一边听他说。他说自己已经渐渐得到救赎了,因为他开始什么都感觉不到了,尤其对从前极其讨厌的事情没感觉了,估计用不了多久,悲伤的事情、痛苦的事情和讨厌的事情通通都会消失,自己就会化身为神明,进入永恒的幸福之中。我定定地盯着他的眼睛,拉起他的手。

"我的客人告诉过我类似的话。你要不要尝试一下那种类似修行的东西?"

我把他带到床上,他像一只流浪狗一样乖乖地跟着我。关上灯,我和春美的男友并排钻进被子里。窗外,远处华灯闪烁,照亮了夜色。我把头埋进枕头,对着身边的他的脸低语。

"我们即将死去,马上就会死去了。我们的尸体被放进冰冷的棺椁里,被所有的人抛弃。用不了多久,我们的肉体将会开始腐烂,只有蚂蚁、蛞蝓、水蛭之类的会贴上来索求已变为空壳的肉体。反复想象自己已经死去吧。"

他默默地望着我,喜滋滋地爬起来,问我有没有蜡烛。

"蜡烛?"

"在烛光中进行吧,那样就更有气氛了,简直就像仪式。"

他语速很快地说道,仿佛难以抑制自己的兴奋。我打开厨房里的所有抽屉,翻遍了汤匙、刮刀和筷托,找到一支小小的蜡烛。他将蜡烛固定在盘子里，然后放到房间中央。他的兴致也感染到了我，我也迅速产生了兴趣，从柜子深处找出莲香点燃，然后我们再一次躺到床上。

"感觉像是一场一个人的孤独的葬礼。"

他心满意足地喏嚅道。蜡烛和香并排腾起袅袅轻烟，时不时地被空调的风吹歪，吐出缕缕黑烟。

"要死了吗？"他小声问。我看着他的侧脸，淡橙色的烛光照着他的侧脸，美得惊人。他的睫毛渐渐落到白皙的肌肤上，微微张开的唇渐渐冻僵，随即变得苍白，清透白皙的肌肤颜色慢慢变深，化作一副冰冷坚硬的干瘪躯壳，我想象着这一切。

"感觉得到救赎了吗？"

我冲着他的侧脸问道。

"还不清楚。"他气息微弱地回答。

我盯着他那纹丝不动的身体，然后我的手爬上他的身体，确认他是否渐渐变得冰冷僵硬。可是他的身体依然温热得与他的苍白极不相称。他出其不意地捉住我的手，睁开了眼。这个本该孤零零被放进棺椁里的男人抬起上半身抱住了我，粉色的唇爬上我的脖颈，有着不自然的温润。

蜡烛燃尽了，窗外的夜色影影绰绰地盖住了玻璃窗。我俯视着横卧着的春美男友，轻轻抚摸他夜色下的白皙额头。他的额头不仅没有冰冷，反而渗出了淡淡的一层汗珠。

"和自己并不喜欢的女人一起生活，做着厌烦透顶的工作，和不愿与其睡在一起的女人并排躺着，然后放空大脑睡去。我是不是也为拯救你出了一份力啊？"

"我可没有这样想。"他闭着眼睛说，"我喜欢你。"

抚摸着他发际线处的柔软毛发，我忍不住扑哧一笑。

"你这辈子也得不到救赎，而这正是你的救赎。"

他放声大笑，仿佛要将我的话捧起来狠狠摔到窗外的夜色中一般。我也随着他笑起来，但是我其实并不想笑。黑暗中，莲香与笑声在被分隔开的房间中无处可去，卷起旋涡。

视听室的玻璃窗外面,摇摇欲坠的阴沉天空将高楼群遮住,图书管理员独自一人百无聊赖地看着漫画书,远处座位上的男人扣着耳机,一边微微摇摆身体,一边在纸上写着什么。

我随着那首老歌摇摆,茫然地望着灰蒙蒙的天空,翻阅着从图书馆借来的书,写暑假后就要提交的论文。停下笔,合上书,我开始思索下次该对野田草介讲些什么。组织整理的工作很麻烦的,我干脆也不去想了,将双臂放在桌子上,把脸埋在里面。歌声后面传来滴滴答答的声音,很像下雨声。莫非下雨了吗?我抬起头,然而阴沉沉的天空膨胀开来,并没有挤出一滴雨。这种情况周而复始。

置身于已经司空见惯的蓝色水中,我发觉自己已沉沉睡去。这个湛蓝的地方暖得恰到好处,也凉得恰到好处,分外怡人。我的头发如海藻一般飘摇,白色的连衣裙柔柔地浮起来,缠住了双脚。熟悉的歌声穿透湛蓝的水传入我的耳中。我闭上眼,在水的温柔缠绕和歌声的包裹中漂浮。所谓永恒的幸福是不是就是这种感觉呢？我闭上眼睛想。我让自己彻底放松，感受着水在身体下方缓缓淌过。

"你的声音真好听啊。"

我冲着他悲凉哀婉的歌声说。水无声地荡漾。

"你知道还有另外一处与现实迥异的地方，是吧？你一直都无比清楚，有这里不存在的另外一个世界，所以你才能唱出如此凄美的歌声啊。"

歌声从哪里传来？我的声音到了哪里？我不知道，继续着这一切。我的喁喁私语在无边无际的蓝色中激起淡淡涟漪。

睁开眼睛，周围没有蓝色，只有令人压抑的灰色。我记起自己在梦里说过还有另一个地方的话。我到底想到了什么才会使用这个词呢？歌声在我的耳蜗深处不停地回旋着。

依然没有找到要对野田草介讲的故事，我就那样坐上了出租车。充满浓浓塑料味的车里，倒流而过的街景模糊了我的视线，我的思考依然在继续。

今天的图书馆。我在高大的书架之间数次往返。高中生并肩骑着单车。去年去泳池游泳。在孩子们的空隙间游蛙泳。泳衣在今年春天前后不见了踪影。第一个交往的男朋友。当他抚摸着我的肩吻我的唇时,我却睁开眼,看晚霞与夜色交接之际天空中不伦不类的颜色。母亲在枕边读《圣经》。空无一人的家中,我一个人来到院子里把《圣经》烧掉。与春美的男友玩葬礼游戏。和春美的男友抱在一起。

我从记忆的匣子里将它们一一拾起,仔细端详,还有没有可以继续下去的呢?有没有能进行渲染的部分呢?无论我如何逐一展开想象,却没有什么能联系得起来。它们就像断了线的项链一般。

我把脸贴在车窗上抬头看天,阴云密布的缝隙间透出白亮的太阳。被厚厚云层镶了边的太阳仿佛凹下去的坑一样,只剩下一片白。

逐渐浮现出来的一粒粒项链的珠子确确实实是自己的记忆,它们全都有失真实,仿佛在脱口而出后接触到空气的瞬间就会变得连自己都嫌弃般肮脏。讲点更有趣的、更真实的、更悲伤的、更美的、更残酷的吧，鞋子笃笃地敲打着路面，我焦躁不安。

出租车停在酒店门前，我依然什么都没有想出来，就那样打开了房门。

当跟往常一样坐在椅子上的野田草介出现在眼前时，我突然想哭。

"虽然还很热，但已经凉快多了。"

野田草介并没有发现我的异样，不慌不忙地说。

"说的是啊，最热的天气里我总觉得会一直这样热下去，可是风却在不知不觉中变凉了呢。"我说。

其实我根本不知道外面到底是凉爽还是暑热，也不知道今天是几月几日。接下来我坐到野田草介对面，望着窗外。和有一次一样，看得见楼之间的学校和泳池。泳池里的水被抽干了，露出斑斑驳驳、如同赝品一般的蓝色。我闭口不言，秒针的声音划破冰冷的空气。

"不是正在开大英博物馆展吗？我们布置了作业，让去那里随便找点感兴趣的素材写二十页小论文来着。

我每天都计划着要去,却到现在都还没去。"

后面不知道该说什么,我思考了一会儿。

"我养了一只鹦鹉,因为养得很熟了,它经常自己打开笼子门飞到我们身边。是的,用嘴。有一次它自己打开门逃走了,再也没有回来。我们等了它许久许久,最终它却没有回来。"

野田草介一动不动地盯着我。我移开视线,看向远处斑驳的墨迹。

"朋友的恋人是个吸食某种药物的惯犯,吸食上瘾了,他说那就是他永恒的幸福。他似乎马上就要抵达永恒的幸福了,然而我却无法理解。"

我感觉垒好的石块似乎全都崩塌了,就像头脑清醒地在购物一般。我焦躁不安、气愤不已,想要大哭大叫。

"我真的什么都想不出来了呢。好奇怪啊,哈哈哈哈。"

我见他的次数多到自己都记不清了,每一次在他面前我都能轻轻松松地将繁杂的语言连缀起来,什么都想不出来的时候，我便临时胡编乱造，或者讲讲上周制作的苹果派。我从派的形状或者买打蛋器和面粉讲起，一直讲到揉好派的面胚再把它们全部吃掉，我能够十分详细地进行讲述。可是此刻我在他的面前无话可说了，也不想说一句话。草介一动不动地盯着我看，他的眼睛依然浑浊不清，仿佛要隐藏所有的表情，完全看不出他对在他面前失语的我有什么责备之情。沉默长得吓人。

"连续喝致幻剂，大概就能够去到一个地方了吧。"

仿佛要抹掉秒针的声音一般，野田草介开口说道。

"比如能够像那个无忧天使一样，让自己的时间停止，不分昼夜地玩耍，就能够跌落进一个既非此世也非彼世，恰如我们沉睡时进入的那个地方吧。他所希望的应该就是这个吧。"

他用弯曲的手指抽出一支烟。

"无忧？"

"就是没有忧愁的天使。昼夜玩耍，不给悲伤留进入的间隙，玩耍最终成为他的自动扶梯，将他与凡夫俗子割裂开来,让他可以远距离观察他们。就像他那样,去到一个不存在时间、罪过和自身死亡的地方。"

"可是真的有过这样的人吗?"

"在很久很久以前的其他国家有过。"

草介不再说话,沉默在扩大。"无忧天使",我默默重复着的这个词也彻底融入沉默之中。

"可是他也有临终时刻的吧?到时候他会想些什么呢?会想'啊,无非如此',还是'应该就是这样'呢?再或者会想'好累啊,终于轻松了'吗?"

"迟早我也会到那一天。"草介出其不意地说。

"到了那时候,你可以把我忘得一干二净,偶尔想起一次也无妨,就像想起在蓝色光线中挥手的妈妈,像做梦那样想起来就好。我也一定会想起你,是的,就像在梦里那样……"

我无法理解野田草介的真正意思,但是突然之间我想抱住他,抱住他弯曲的手指,抱住他长出老年斑的脸及瘦弱的腿。

我伸出手,抚摸他的脸。他的脸又冷又硬,就像冰冻的果实。看着草介闭上眼睛，慢慢感受我手掌的温度，我的眼泪莫名地喷涌而出。如同睡着了一般的野田草介和那没有一丝皱褶的床罩都氤氲模糊，仿佛在遥远的世界里。

我们在柔软舒适的毛毯上并排躺下。

"好好休息一下吧。"草介自言自语般喃喃道。

"无忧天使会做何感想呢？"想起春美的男友，我小声说。

野田草介默默地凝视我片刻，然后缓缓起身，从真皮包中取出什么东西放在毛毯上。是一个小小的白色纸包和剃须刀。

"这个就像我的护身符一样，从很早以前就一直随身带着，倒不是希望随时使用，仅仅是因为带着它心里安稳而已。不知为何，这样做让我感觉自己没有活在现实之中，而且不可思议的是，它还能让我有种与自己保持最近距离的感觉。"

我盯着那个白色小纸包和那柄细细的剃须刀，它们在毛毯上投下浅浅的阴影。

松松垮垮的窗帘仅拉开了一道缝隙，看得见对面的夜色，是影影绰绰、亮如白昼的夜。我想起蓝色的梦，想起开怀大笑的春美的男友，想起堆满东西的空荡荡的家，想起从公寓的窗户看到的夜色中流光溢彩的八重樱。任由这些毫无联系的画面一个一个地在我心中穿行，我来到洗手间，往透明的杯子里倒满水，然后把它递给草介，他接过去，浑浊的眼睛里感受不到任何东西。

"不巧只剩下一人剂量的安眠药了，一人一半吧。一半的量不会致死，只能让人舒适地睡去。在意识变得模糊之前那一瞬间，我们互相割开吧。"野田草介用拇指和食指托着下颌，"不需用力，只消轻轻扎进颈动脉就可以了。"

我们久久地注视着刀刃被纸包住的剃须刀。野田草介什么也没说，打开纸包，用水服下一半安眠药，然后递给我。我服下白色粉末。然后我们和往常一样仰卧躺好。我和野田草介用相同的频率缓缓地呼吸。

从未感受过的静谧，仿佛掉入了深不见底的洞穴。

我闭着眼，周围空无一物，只有手和野田草介的手掌轻轻缠绕在一起。仿佛要被吸入什么地方，就连躺在旁边的野田草介的呼吸、时钟的声音、手掌坚硬的触感都越来越模糊。

我开始被梦覆盖。蓝色的水，漂浮的感觉，水温润的触感。是我早已看腻的情景，然而有什么东西和往常不一样了。是颜色。隐约有绿色的光线穿过蓝色的水洒了下来。是月光。我缓缓抬起头，泡沫沿着我的下颚向上流淌。我朝着绿色光线洒下的方向伸出手去，水的阻力比想象中小，我轻轻摆动双臂。将光线洒向这里的这轮月亮是弯弯的新月呢，还是圆圆的满月呢？我突然想求证这个问题，开始划水。

清醒过来时，我从床上起身。浑身酸痛，仿佛被缝到了床上一样。野田草介和想做什么的念头通通被抛到了脑后，我毫无意识地握着闪亮的剃须刀，打开窗帘，试图打开窗户。窗户关得死死的，打不开。我手里握着剃须刀，飞奔着冲出房门。

穿过旋转门，我开始奔跑。跑着跑着，将我和那间窗户紧闭的房间里的床死死捆绑在一起的线绳仿佛纷纷断开，沉重的身体越来越轻快。我觉得自己可以奔向任何地方。跑着跑着，我突然发现还是半夜，发现自己还光着脚，发现握得紧紧的剃须刀刀刃嵌入手中，手掌上淌出温热的血。我把剃须刀扔进黑色塑料袋堆积如山、散发着恶臭的垃圾场，然后继续奔跑。我环顾夜色中的街道，低头看自己没有穿鞋的脚，看流出来的血的颜色。我看见到处都是街灯，看见亮着灯的便利店，看见泛黄的人行道，体会着脚底处不断传来的马路的清凉触感。一条完全陌生的街。我胡乱转过一个又一个拐角，越发不清楚如何才能去到车水马龙的大路上。

我在一片被夜色染成墨蓝的银杏树林中停下脚步，大口地喘气。眼前看见的不伦不类的胖月亮是新月吗？可是我又突然觉得求证这种事的自己很可笑。我笑了起来，声音嘶哑。

我用血流不止的手掌擦了擦脸，感觉有温热的液体沾染在我的脸上。我深深地吸气，鼻子触碰到混合着血腥味的夜的悲凉味道。

等喘息平静下来,我弯下腰,在道路正中央摆出起跑的姿势。

"预备——砰!"我呐喊着跑了起来。

沿着这片银杏林继续奔跑,大概能去到熟悉的马路上吧。我一定能抵达什么地方吧,也一定能弄明白这里是什么地方吧。

不知何时在哪里的酒店里听到过的秒针的异常大的嘀嗒声,在我的耳蜗深处轻轻响起。

公共浴室

1

穿过自动门就是浴室柜台，在那里结过账后，才能走进红色的暖帘。说是柜台，其实感觉更像吧台。果然是一处新浴室，八重子心想。

"桔梗浴"之前在装修，做开张准备，所以八重子前段时间去的都是再往前一点的"花之浴"。这是一家老式浴室，男浴室和女浴室分开之后设了柜台。柜台就设在将更衣室隔开的墙壁尽头，所以结账的男顾客稍稍抬抬头，就可以看到女更衣室。有一次，八重子伸手脱内衣时，和往里走的男客人正好四目相接，从那以后，她每次换衣服时都会惶恐不安。"花之浴"比较老，更衣室里散发着雨天下水道的气味。打开蒸汽氤氲的玻璃门走进浴池，客人也少得令人感觉随时都可能关门大吉。但正因为如此，八重子才能悠然自得地入浴，不过柜台位置实在令人讨厌，所以她还是盼着"桔梗浴"早点开张。

结完账之后，从男女分开的入口进去，这样的布局让人打心底里安心，八重子匆匆往柜台上丢下硬币。

"欢迎光临——"

坐在吧台里的中年女人面无表情，将尾音拉得格外长。八重子横冲直撞地穿过印着"女浴"的扎染工艺的红色暖帘，可是看到更衣室和冲洗处的情景时，八重子暗暗叫苦，客人实在太多了。新浴室设了泡泡浴、座浴、电气浴、桑拿浴等项目，过来尝鲜的客人想来自然不会少的。八重子突然想起来，老早以前公寓前面的邮箱里就塞了宣传单页，上面用花哨的字体写着"新装开张"，还用夸张的文字描述这家浴室有多高级。照那个劲头儿发传单，连家里有浴室的人估计也会想来看看好到什么程度。看着这里的光景，公共浴室大面积关张的现实状况会让人觉得很遥远。

可是没办法，已经进来了。八重子找到一处带锁的存衣柜，开始更衣。小孩子跑来跑去，老人们坐在长椅上聊得兴致勃勃。这里是医院吗？八重子简直想吐槽了。她抱着脸盆打开通向浴池的玻璃门，在一大排裸体中插空找了一处出水口，走了进去。抬头看看雾蒙蒙的时钟，已经八点半了，正是家庭入浴的时间。八重子真希望她们再多加一会儿班。

按下右边的水龙头，担心热水浇到旁边的人，打开左边的龙头，又害怕冷水浇到左边的人身上，八重子只好处处小心。就连舀起崭新的木桶里的热水往身上浇，都要特别小心翼翼地避免溅到周围的人。在这处人声鼎沸的浴室里，八重子不仅无法放松，而且因为太紧张，连身体都不能好好地冲洗了。

两个年轻女孩子大声说笑着进行电气浴，大概是结伴而来的朋友吧。主妇们一边谈论着哪里的蔬菜价格太贵一边冲洗身体。八重子在人群中发现一个正在用心搓洗身体的女人。她和八重子年龄相仿，八重子来的时候她也基本都在。"桔梗浴"闭店期间，八重子在"花之浴"也经常碰到她。八重子进去的时候她就在洗，等八重子洗完出来，她还在洗。因为她搓澡太全神贯注，所以八重子记住了她。台子上摆着洗发水、护发膏、沐浴露，还有几个不知有什么名堂的漂亮瓶子。身体清洁刷、丝瓜瓤、搓澡巾，凡是能想到的入浴工具她都用上了，简直堪称完美。她那全神贯注擦洗自己的样子令人吃惊，八重子猜想会是个美得不可方物的女人。八重子对这个把公共浴室一角俨然当作自家浴室的女人产生了兴趣，有一次她仔细打量了一下，那张脸却也没什么了不起的，总的说来，就是一张平凡的、在路上擦肩而过后随即湮没在人群里的面孔罢了。八重子有些失望，与此同时，又莫名松了口气。无论是她精心擦洗的背部、小腹，还是乳房，都说不上特别美，只有给人留不下什么印象的脸上嵌着的一双眼眸看起来格外要强，这一点让八重子很喜欢。

这处崭新的"桔梗浴"挤成了这般情形，她却依然一副悠然自得的样子，认真地在右臂上打着泡泡，仿佛只有她能在周围看见一个透明的胶囊。她根本看不到别的裸体，在被水汽模糊了的镜子面前一次次地往身上浇水。大概她的眼里只有自己的裸体吧，或者说眼里只有她自己一人吧。对她而言，自己那线条圆润的肩，粘贴着几缕从高高挽起的头发后面散落下来的发丝的白皙后背，还有那环顾浴室随处可见的平凡身体，仿佛是极致的美。越是盯着她看，八重子越是感觉瑟瑟缩缩、战战兢兢往身上浇水的赤裸着的自己更加显眼，可是她依然忍不住偷偷打量那个坐在自己斜后方的女人。

在三种不同的浴池中，八重子进入中央那个起了很多泡沫的池子。她试探着轻轻伸入一只脚，还好，没那么热，她放下心来。"花之浴"浴池里的水热得让人感觉像是开水，八重子想把浴池一端的自来水水龙头拧开，却连这点事也没办法做到，她记得有个放凉水稀释浴池热水的女孩儿被老太婆责骂过，她听到老太婆憎恶地说："现在的年轻人真是麻烦。"八重子总是一边痛苦得龇牙咧嘴，一边慢慢把身体沉入热水中，然后不到五秒又跳出来。所以"桔梗浴"里的浴池水温简直让她开心到想要欢呼。

八重子竖起耳朵听隔壁男浴室里传来的抑扬顿挫的演歌，却觉得缺少了点什么。是的，是山，八重子突然想了起来。"花之浴"和重装前的"桔梗浴"在这个位置都应该有过一个巨大的牌子，可是这里没有，本该横着一座大大的富士山的招牌的这个位置换成了玻璃。玻璃窗对面是什么呢？八重子把手掌贴在被水汽模糊了的玻璃上。八重子从抹出来的小小四方形望去，对面是一处日式庭园风格的小巧院落，带有复古风的电灯和防色狼偷窥的高墙。这一定是浴室主人的小小创意，为的是天色尚早时让阳光照进来，傍晚时让夕照映入，夜晚时让灯光代替星光月色，通过窗户滑落至浴室，与浴池融为一体。

没错，缺少了那座模糊不清、假里假气却又堂而皇之的富士山招牌，八重子从浴池里站起来，心领神会地点了点头。如此飘忽不定的歌声与那座富士山还是蛮般配的。

回到冲水口那里时，右边的年轻女子已经不在了，换成一个瘦小的老太婆轻飘飘地坐在那里。糟了，看到那个老太婆的瞬间，八重子第二次后悔不迭。八重子之前好多次碰巧和这个在浴室里经常碰到的老太婆坐在一起，老太婆总是喋喋不休，也不知是在对人说话还是自言自语，但是没有人听她说话，所以大概可以归入自言自语一类吧。八重子拼命做出漠不关心的样子，不让老太婆的声音传入自己耳中。她用海绵打出泡沫，开始清洗身体。当八重子打开右边的水龙头时，老太婆叫起来："好热！"

八重子下意识地抬起头，和镜子里笑眯眯的老太婆四目相接，她第三次后悔起来，心想：完了，中计了。

可能八重子的反应让老太婆欣喜若狂，仿佛要紧紧抓住八重子镜子中投向自己的视线，她开口说话了，而且不是自言自语，而是明确地对着八重子说："还是新浴室好啊，这里用的都是桧木桶吧？我觉得这真是个好主意，到处都是塑料桶真是乏味得很哪。"

"是啊。"无奈，八重子只好敷衍地笑笑。

"我跟你说啊，上了年纪的人不该吃很多好东西喽。啊，胃痛。人上了年纪，只捡着不可口的东西吃一点点就好了,否则会受到惩罚的。啊,胃痛。"

身后传来轻轻的笑声。老太婆本人不在时,八重子多次听到浴室里的人在谈论她。

"那人麻烦透了,昨天本木太太不是在这里吗?可被她逮着了,本木太太心眼儿又好,听说她脱不了身,连晚饭都没做成呢。"

听到那番话时,八重子在心里坚持认为最大的受害人不是本木太太,而是自己。

老太婆慢吞吞地取下假发,露出的头皮就像刚生出皱纹一般松弛。她把浸泡在水里的毛巾拧干搭在头上,很舒适地眯着眼睛。八重子讨厌看到老人的裸体,便将目光从那个简直像要融化在毛巾下面的瘦小身体上移开,拿海绵使劲搓洗自己的肩膀、手臂、胸口和腹部。因为可以确保有一个听自己说话的人,老太婆脸上带着心满意足的微笑,冲着八重子讲了起来。

"我呀,有个小孙子的,在东大上二年级了。"

知道,知道啦,八重子在心里说,就是那个上初中时是级部委员,高中时是"尖子班"的,还做过学生会会长，应届直升东大的孙子吧。这话八重子已经听了好多遍了。老太婆分不清听众，自然也记不得八重子，所以总是从序章开始讲起。

"我那孙子啊，傍晚突然对我说要和我一起去吃红烧肉。难得他开一次口，我虽然喜欢清淡口味，但是难得啊，所以就去了，和孙子一起去吃了红烧肉。"

序章讲完了，八重子开始洗头发时，她终于进入正题了。老太婆在薄薄的毛巾上打上香皂，脖子歪向八重子这边，自顾自地继续讲着。

"我家孙子也不知怎么搞的，现在的年轻人都忙着参加宴会或者约会对吧？但我家孙子总是奶奶长奶奶短的，可体贴了，简直跟儿子似的。"

老太婆讲她和孙子离开家，坐上公交车去到一家口碑很好的饭店，等饭菜上来后就开始吃。她喋喋不休，没完没了。八重子已经洗完了头和脸，可是老太婆依然没有讲完，所以她也没办法起身离开。老太婆慢腾腾地用起泡的毛巾擦洗着身体，简直让人冒火。八重子焦躁不安地寻找着能站起来离开的机会。或许老太婆察觉到了八重子的心情,声音高亢起来,越发弓起了背,盯着八重子防止她逃离。

八重子八点半进的浴室,等返回更衣室时已经快十点了。她趁老太婆去浴池泡澡的空隙逃了出来。老太婆的话还没讲完,刚讲到她和孙子回家时,儿媳出来挖苦她的事。担心老太婆追出来继续讲下去,八重子一边看向浴池,一边手忙脚乱地擦拭身体,往专门为来浴室准备的衣服里伸进胳膊,那是一件半袖套头衫和一条破洞牛仔裤。心惊胆战、光着身子的八重子套上衣服的瞬间,看起来就像变了个人一样,她随着衣服换了一副假面孔,装模作样地走开,穿过暖帘,仿佛将那个心惊胆战、光着身子的自己丢在了浴室里一般。

"谢谢光临——"吧台里坐着的中年女人说。

八重子没有理会,穿上鞋,能逃离老太婆令她松了口气。

周围已完全笼罩在黑暗中,天气依然闷热,大地仿佛把白天吸进去的暑热一股脑儿吐出来了一般。偶尔吹过一阵风,黏糊糊地裹在八重子身上。

打开房间里的灯，正襟危坐的电视、音响和床出现在眼前。八重子瞥了一眼桌子上扔着的白色信封，按下电视开关，方正的房间里响起播音员播报今天一天发生的事情的平淡声音。整理好入浴道具，白色信封里的字自作主张地跳了出来，在八重子的脑海中盘旋。是妈妈昨天寄来的信。

八重子：

你还好吗？家里已经很热了，今年夏天似乎会很热。

你还记得小学时和你在一起的樱井久美吗？上周她举行婚礼了。久美从东京的学校毕业后回到家乡，转眼就结婚了。昨天她妈妈过来了，给我看了婚礼的照片，真是个漂亮的新娘子。

八重子的妈妈每周都会按部就班地寄信过来，所以不管情不情愿，八重子都得应付一下。妈妈的信总是从这种没头没脑的唠家常开始。

你下个月就二十三岁了，其实就算催你也已经太迟了，但我还是希望你能认真考虑一下未来。由着性子做事在大学毕业的那一刻就必须结束了，你也该考虑一下自己的幸福了。照这样下去，再过三年你真的能得到幸福吗？

幸福、幸福、幸福。布满信纸的这个词在八重子的脑海中变得很凌乱，她无法把它们聚拢起来。八重子一边拍化妆水一边打开壁橱挑选明天出门穿的衣服，她把团成一团塞在角落里的衬衫拿出来，准备好烫衣板。

妈妈从没离开过这座小城，也从未想过要离开这里，但是我得到了属于我的平和的幸福。在这里做不到，在东京却可以做到的事情到底是什么呢？我认为考虑一下自己的天分，过与自己的天分相适应的生活就是幸福。在你眼中，妈妈的生活是不是很乏味呢？可是八重子，对于既没有特殊才能又没有远大理想的妈妈而言，这就是最大的幸福了，哪怕它看起来朴素和乏味。

随着一声响，熨斗冒出一股白色蒸汽，电视上正在播放广告，传来夸张的声音。八重子把褶皱一条一条地熨平，却不去理会爬满额头的汗。

她想起去年夏天。当校园里到处都是穿西装的身影时，八重子跟妈妈断言自己不会工作，事实上她也的确是那么打算的。大学一年级时，她就一头扎进了学生剧社，她决定毕业后继续和朋友们表演戏剧。

"过与自己的天分相适应的生活就是幸福"，这句话在八重子的脑海中盘旋，她的视线无声地顺着父母家的走廊移动，下午的阳光照得和室里一片金黄，她看见妈妈沐浴在金黄色的阳光中，正独自在角落里弓着背，一下一下地将"幸福"两个字连缀起来。她又将目光顺着昏暗的走廊前移，来到亮着荧光灯的厨房。依然是妈妈的身影，妈妈一个人吃完饭，将脏盘子扔在水盆里，上半身伏在书桌上写个不停。

八重子将白衬衫挂在铁丝衣架上，切断电熨斗的电源，然后拉好窗帘，背对着电视里传来的歌声，换好睡衣。在只剩下电视光源的房间里，八重子拿起闹钟确认时间设置。六点四十五分。都过去半年了，八重子依然无法适应这个闹钟，入睡时总会感到紧张。

一年前，就在自己慷慨激昂地宣布不工作的那个夏天过完之后，八重子突然开始感到恐惧，不工作、继续表演戏剧……。八重子一直怀有的自信被毫无来由的恐惧动摇了。并没有特殊才能的自己继续表演戏剧的话，十年以后究竟会如何呢？一旦有了这样的念头，她的自信就簌簌地坍塌了。靠打零工维持生计的男友向她提出借钱的请求，二十六岁回老家结婚的学长，因家里不再提供生活补贴导致无法支付剧社基本开销而开始打夜工的朋友——八重子之前觉得这些都不算什么，然而如今置身其中却加剧了她的恐惧。

到了秋天，当班里的同学纷纷得到内定的消息时，八重子悄然买来西装。她针对妈妈说的"过与自己的天分相适应的生活"做出实际行动,并将其放入不断累积的恐惧里,奔走于已经迟了一步的求职活动中。等拿到一家小型食品公司的内定录用通知时,剧社已经在分崩离析的临界点上了。

开着窗户的八重子爬到床上。拉开窗帘,朦胧的月亮映入眼帘。闭上眼,眼皮下面还有另外一轮月亮在游弋。记得谁说过,月亮正在看着另一轮朦胧的月亮哭泣,但是八重子不认为它在哭,她觉得月亮在笑。

传来的是什么声音?是笑声。八重子慌忙环顾四周,恍如白色箱子的房间里空无一人,只有许多人的笑声在高耸的墙壁间回响。八重子发现自己正在看着另外一个八重子在白色的箱子里东奔西窜。自己在哪里呢?好像不在箱子里。八重子察觉到这是一场梦,可是陷入笑的旋涡中的八重子却并未有所察觉,依然像一只被截断触角的蚂蚁一样没头没脑地四处乱窜。

没关系的,是梦,没关系的!八重子拼命叫喊,声音却没有办法传给箱子中的八重子。

四处乱窜的八重子突然停了下来,慢慢走向其中一面墙,光滑的白色墙面上显现出茶褐色的小斑点,另一个八重子一动不动地盯着这个八重子,只见她伸出手轻轻触摸那些若隐若现的斑点。当手触碰到那些斑点的一瞬间,墙壁轰然倒塌,声音大得吓人,八重子的眼前出现了一条窄窄的马路,在绿色墙壁包围中的马路光亮可鉴,与公司的走廊十分相似。笑声无限变大,八重子沿着光亮可鉴的马路走了起来。

外面的八重子有种强烈的感觉——不可以那样做,可是里面的八重子依然径直朝着走廊前面微弱的白光走个不停。

八重子在酷热中睁开眼,十二个小点在黑暗中发着光,三点二十三分。她把手伸向风扇,定好时之后再次躺下。

又是这个梦。八重子细细玩味一般回忆着出现在梦里的绿色墙壁、昏暗的走廊和踩上去令人感到疼痛的冰冷。

那是高二那年的冬天。早已过了放学时间,八重子被叫到会议室，被包围在绿色墙壁中的昏暗走廊上，响起了八重子冷冰冰的脚步声。会议室在走廊尽头，门上的玻璃透出刺眼的白光。

打开门，坐了一大排老师。最里面的是级部主任，然后是教导主任和副主任，八重子至今都记得他们的顺序。八重子拉开他们前面的椅子坐下来。

"修学旅行第二天，你是不是在笹原同学的房间里？"角落上的面孔问。

"是的。"

"笹原同学当时是不是带了烟和酒？"

"是的。"

眼前的桌子对角线上仿佛洒了咖啡，有块淡褐色斑点，八重子凝视着那个斑点回答，直至斑点的颜色越来越深。

"你是不是也一起喝酒了？"

"没有。"八重子凝视着斑点，斩钉截铁地回答，"只有笹原和山口喝了，她们还抽了烟，跟我没关系。"

八重子猛然间记起一年之后的考试，然后眼前模模糊糊浮现出妈妈哭泣的面庞。

"我阻止她们了,跟我没关系。"

八重子没有抬头,执拗地重复道。

窗外,朦胧的月亮依然俯视着这座小城。

笑了,自己在笑。八重子拉上窗帘。笑的是另外一个自己,是决定工作时才形成的另外一个生活在大脑中的"八重子"。这个"八重子"无忧无虑、任性妄为,根本不会感到什么恐惧,在继续表演戏剧,对母亲宣布"要过自己想过的生活"。比如这个"八重子"不会穿高跟鞋,也根本不会听老太婆讲她的光荣史,甚至根本不会理会母亲声泪俱下的劝阻,声称要和朋友一起去喝酒。她会在洗手台上摆满各种瓶瓶罐罐,沉湎于自己并不美丽的容颜,义无反顾地自我满足。对了,就是那个女人。正在笑着的是另一个"八重子",是在公共浴室里偶然看到的那个女人。

体会着眼睑深处残留着的月亮笑脸,八重子再一次被吸入睡眠深处。

2

"你们怎么搞的?"

墙壁那里传来花田妙子高亢的声音。八重子从资料上抬起头,瞅了一眼她的座位。妙子正将上半身扭转过来说话,青筋毕现的手上绕着电话线。八重子从她的表情中读到一种难以言表的愉悦。

"不好办啊,况且您家在大阪。……帮我寄过来吗?那得花多长时间?"

这是她的癖好。她购买别的公司的食品,找出残次品,比如今天是"炭烧烘焙速溶咖啡",五个摞在一起的纸杯中各自塞满小袋装的颗粒状速溶咖啡、白砂糖和牛奶。而昨天买的里面只放了砂糖包,所以她火速用公司电话打给大阪的售后服务部,语气中满是纠缠不休。

八重子发现有的人在这方面简直就是天才,只有歇斯底里这唯一的特长的妙子,实际就是揪住这类残次商品不放的天才。她每周至少会上演一次"你们怎么搞的"。

话说回来,妙子年近四十九岁却依然未婚,过着去超市购买各种食品(大多是速食食品)的孤独生活。如同这件小事所象征的那样,妙子在找碴儿方面真可谓得心应手,八重子推测她的人生大概就是在所有的事情上找碴儿的"找碴儿人生"。妙子的举手投足也充分说明她的这一推测大概没有跑偏。

八重子将视线从因获得快感而面带微笑的妙子身上收回到办公桌。单就这一点来说,将自己孤独的"找碴儿人生"升华为"大闹全国售后服务部"的癖好并以此自娱自乐的妙子,在八重子看来简直值得称赞。

八重子把核对过的资料归拢好,坐在电脑前,一边交替看着资料和电脑屏幕,一边输入对自己而言毫无意义的数字。

进公司已经半年了,八重子依然无法理解自己的工作。她知道敲入电脑的数字是用在包装上的材料单价和登录号,但是她完全不清楚这些数据将被交到哪里,也不清楚会通过什么途径与一件商品产生联系。交给她的复印资料都是些什么,盖的印章能证明什么,按照示例制作出的文书上写的什么,这些她一概不知道,而且想理解也理解不了。她唯一能理解的只有令人绝望的事实:这座小楼是一个很长很长的输送带,坐在这里的自己换作任何一个人都是一样。

八重子从数字中抬起头,视线转到堆满资料的资料柜,经由一动不动盯着墙壁的部长那头发稀疏的脑门儿,然后又被牵引到发出毫无情感的冰冷光线的荧光灯上,然后被涂成一片黑暗。

八重子看得清脚下的路,它如同楼里的走廊一样,没有遇到任何障碍地笔直地向前延伸,如同虚幻般恰到好处的灯将眩目的白光涂在上面。从看清它的高中时代开始,八重子就十分厌恶自己脚下的路,那上面有一长串被"保险起见"抹掉的脚印。

八重子多少次试图偏离这条道路,进入大学之后开始表演戏剧就是出于这个原因。活动室是校舍旁边临时搭建的小屋,屋内光线昏暗,带点淡淡的酒味,它似乎即将成为八重子光亮可鉴的道路上的障碍物。

然而四年间,八重子即便顶着导演和剧社其他成员的指责,也要穿上脏兮兮的运动服,脱离排练去上课,再怎么累也要在考前熬夜复习,所以在临时小屋里,八重子反而像个异端分子。置身于早早放弃升级、埋头于戏剧的朋友和宁可被开除也要排练以及多年以后依然留在一年级的学长之中,顺利升入高年级的八重子经常被带着几分嘲讽地称作"奇迹之子"。

无论在被昏暗且带着酒味儿的房间同化、蜷缩着的时候,还是和几个人躲在房间里偷偷喝酒时,抑或夹在穿得花里胡哨的大学生之间跑马拉松时,八重子都可以将目光从自己的脚下移开,她确确实实地感觉到自己偏离了轨道,开始走在一条完全不同的路上,一条没有脚印的路,一条由自己决定方向的路。

可是每次定下来升入高年级时,那条光亮可鉴的路都会出现在八重子眼前。八重子叹了口气,而她的叹息总是被那条路倏然吸入,使它变得越发光亮。

就在就职告一段落时,妈妈打来电话。"打算怎么办?""真的不打算工作了吗?"面对这些听烦了的问题，八重子在心里说："工作单位已经定下来了。"但是她的嘴却背叛了内心，任性地说："说多少遍你才能明白呢？我不会工作的，我要继续表演戏剧。"

连八重子自己都为自己激烈的语气感到吃惊。

面对反复追问"为什么"的妈妈，八重子解释过自己的想法，所谓可能性其实有很多，而且自己认为就业并不是闪光的未来，所以八重子执拗地坚持自己不会就业。妈妈哑口无言了好几秒，然后反应过来，问她知不知道什么叫生活，什么叫谋生。妈妈理解不了继续表演戏剧中的"戏剧"是什么，一说到"戏剧"，妈妈就会想到宝冢①，她觉得自己的女儿简直是在说梦话。八重子懒得跟妈妈解释自己说的戏剧到底是什么，而且八重子也打心眼儿里认为，戏剧只不过是不足为道的"小斑点"罢了。八重子暂时闭上了嘴。妈妈却仿佛喷水口坏掉一般，开始滔滔不绝地游说起脑子似乎有点不正常的女儿：工作才是万全之策，适合自己的平凡才是

---

① "宝冢歌剧团"的简称，日本最早的女子歌剧团，主要表演音乐剧、歌剧、歌舞剧等。

幸福，每月能领到工资才是闪光的未来……

"我要做戏剧，我要过自己想要的生活。"八重子只是不停重复这句在她心里早已开始生锈的话，仿佛在聚光灯下听着背影音乐大喊大叫地说着熠熠生辉的台词一般。

走出大学校门，将学到的荣格哲学、宗教史和古典文学通通扔进没有热情的垃圾般的日子里，茶、电话、电脑、茶，这样的生活果真是闪光的未来吗？想到这里，八重子睁开眼，突然射进来的荧光灯灯光令她目眩。不，应该就是这样的，八重子重新思考后得出结论。

这样的每一天应该联结着闪光的未来，八重子相信这一点，所以她才每天定点起床，坐上拥挤的电车奔向同一个地方。

妈妈说的"闪光"和八重子渴望的"闪光"没准儿就如同这处没有窗户的房间里肤浅庸俗、形同假冒商品的荧光灯一样。刺眼的灯光让八重子眯缝起眼，出神地想着。

"高泽!"

喊声打断思绪,转身看去,妙子站在那里,微微向她转过身来。

"现在几点了?这周当值的是你吧?你为什么老是迷迷糊糊的?都过去半年了,你怎么还不能脱离学生气?"

八重子抬头看看表,三点零三分多一点。

"对不起。"

虽然心里想着无非才过了三分钟罢了,八重子依然站起身来,她用眼角余光看到同事香织向被妙子逮住的自己投来同情的目光,这目光与昨天主妇们看向被老太婆逮个正着的八重子的那同情的目光交叠在一起。走出房间时,八重子走在光亮可鉴的走廊上,心生归意。

她按照部里的人数泡好大麦茶,添上从厂家直接买来的点心送了出来,然后从部长开始,依次分发大麦茶和点心。妙子始终盯着她的举动,八重子一边战战兢兢地担心自己被她说,一边重复着笨拙的动作。

等把杯子放到妙子桌子上时,妙子一直盯着看,以至于八重子无法离开。

"我说高泽啊,你放了几包大麦茶?"

"一包。"

妙子瞪大眼睛盯着八重子的脸,张得大大的瞳孔边缘的睫毛一根一根齐刷刷向上翻卷着,每一条皱纹都坚持涂满了粉底液。八重子垂下头,看见了妙子绕在脖子上的饰品。她每次说话时,咽喉部位突起的骨头都会小幅度地做体操,八重子一边盯着看一边迷迷糊糊地想:没必要戴什么首饰吧。妙子涂了茶色系口红的嘴唇在很开心地上下翻动着。

"上个月你当值时我不是说过了吗?一包太淡了。你没听到吗?"

八重子追寻着记忆,却记不起她对自己说过这话,可是和妙子严厉的目光撞到一起时,却又觉得似乎说过。她想:可能还是自己迷迷糊糊给听漏了吧。

"对不起。"

"对不起对不起的,你就是因为像鹦鹉学舌一样反复重复这句话,才听不到别人说的话。"

妙子站起来,把八重子发下来的杯子依次收了回来,看到八重子目瞪口呆地站在那里,她说:"根本没法喝,我去换换。"

妙子端着盆,丢下这句话出去了。

"今天瞄上你了,大上周是我当值,她啰里啰唆说什么一包就够了,不能因为是公司的钱就浪费。臭老太婆,脑子坏掉了,别理她。你看她那连衣裙,黄底绿点的吧?土死了。"

香织走到呆呆站在那里的八重子跟前,小声安慰道。

"真是的,我们为什么必须在几包大麦茶上动脑子呢?"

香织故意让周围的员工听到,说完回到了座位上。八重子讪讪地慢吞吞地回到电脑前,和老员工对望了一眼,对方冲她苦笑,目光里带着无奈。

接下来的一周,八重子想到自己因为晚了三分钟和大麦茶的包数而遭到妙子好一顿挑剔,便会涌上一阵无边无际的灰暗情绪。和妙子面对面时,她那令八重子忍不住移开目光的松弛肌肤、和脸部颜色不一致的脖子以及淡绿色的血管,都让八重子情不自禁地想到黑漆漆的洞穴,那微微颤动的喉结仿佛要将她拖进洞穴深处。

茶、当值、擦桌子的方式、如何装订文件夹、整理资料柜,并非对这些工作本身,而是对工作外围,妙子有着异常的固执,但是她的固执又并非一以贯之,而是每天都会生出不同的意见。在这些没有什么是非的问题上,都是由妙子一句话来裁决,对此谁也没办法说什么。

刚被分到这个部门时,第一次目睹妙子近乎歇斯底里的指责,这种不正常的状态就令八重子不寒而栗。比如妙子会抓住卡着点来公司的新职员,接下来的一个月都会数落她的松懈。还有个同事因为桌子不干净,被她拿出不知从什么地方调查来的对方的身世、家人,甚至毕业学校,与桌子上的污渍牵强附会地联系在一起责难。八重子在开水间从那个同事身边走过,看到她在哭泣。香织说得没错儿,八重子相信妙子精神上出毛病了。

可是过了大约三个月，八重子感觉自己似乎明白那种异常固执的缘由了。一个回到家也没人说话、没有人可以依赖的四十九岁的女人，然而她的工作又不是什么足以给她支撑的大事业，虽然有个主任的头衔，但是直至半年之后，八重子依然没弄明白她是个什么主任，好像也就是过目一下已完成的文书资料，处理一些上面的领导不会费心处理的事情，八重子也是这么做的。可是妙子依然每天精心化妆，用与时代格格不入的错误行头打扮好自己来上班。八重子认为，妙子进公司已三十年，她周而复始重复着的泡茶方法、擦桌子的方式、订书钉的位置等，都是她自己构筑起来的城堡，或许也是她最后坚守的堡垒。如此想来，因为一包还是两包大麦茶而大动干戈地驱使别人，妙子那获胜后的骄傲表情也就不难理解了。

还在试用期时，同期入职的芳惠因为在洗手间吸烟而被妙子不依不饶地批评过。

"了不得，还真有这种人啊，我原本还以为只存在于漫画和周刊杂志中呢。"芳惠嘲笑她的歇斯底里时说道。

笑起来天真烂漫的芳惠被分到了广告部,在那个和这里的恐怖永不挂钩的地方,她依然可以笑下去。有时和八重子一起回家时,她还会打听妙子的情况。

"哎,讲讲那个变态的人吧,有没有什么有趣的事?"

毫无意义的数字,没有窗户的房间,荧光灯的光亮,奇怪的老员工,墙上挂着的走得十分准确的钟,仿佛在执拗地告诉八重子这一切都是现实。心脏仿佛被一只软绵绵的粗胳膊紧紧抓着摇晃一般,八重子一阵恶心。

拖拖拉拉地完成工作后,走出公司时已经过了八点,在电梯里遇到的隔壁部门的木村跟八重子打招呼。

"干到这个点,真是辛苦啊,一起去吃点东西如何?"

八重子望着木村脖子上挂着的项链,一边不置可否地笑着,一边思考如何拒绝。她如实说出一个灵机一动想出来的借口。

"那个,我得去公共浴室了。"

"咦?高泽,公共浴室吗?"木村吃惊得有些夸张,

"现在这个可太少见了,咱们公司的工资低到这种程度了吗?"

"我一直住在大学时的地方没搬家呢,嫌麻烦。"

说起去公共浴室时,八重子感觉带上了几分骄傲,似乎这是她误以为偏离自己道路的学生时代的唯一留念,可是当她看着一脸惊讶地不断重复"太少见了"的木村时,又觉得无比尴尬。

"相当舒服的哟,我受不了单间淋浴呢。夏天时如果不能每天去就会难受,所以虽然麻烦点儿也得去。"

为了遮掩自己的尴尬,八重子刻意提高了声音。电梯门打开了,八重子说了句"再见",便逃也似的匆匆离开了。

将沾满汗的衬衫塞进洗衣篮,脱下长筒袜,穿上露大腿的迷你短裙,套上短T恤,八重子哼着歌,做去浴室的准备。她不去看穿衣镜,因为镜子会诚实地映出她的粗腿和与年龄不相称的超短裙。

"欢迎光临——"穿过自动门,女主人用录音般的声音说完,继续和站在旁边的一个中年女人聊天。

"做法嘛，也就是啊……"女人把胳膊肘搭在柜台上，头上缠着毛巾。八重子把一枚五百日元的硬币放在柜台上。女主人机械地找好钱，依然看向那个中年女人。

"关门之前好歹也想想啊，就是改作公寓也能挣钱的吧。祖上留下来的地方，那么轻易就……"

"那么轻易就停下来，会受到惩罚的啊。"

八重子若无其事地钻进暖帘。太好了，今天没那么多人，八重子一边庆幸，一边脱下短T恤和超短裙。一个脱得光溜溜的小孩儿仰起白净光润的脸看向八重子，可能是她妈妈的那个女人也一丝不挂地站在空调口那里，惬意地闭着眼睛。

八重子脱光衣服，轻轻打开浴室的门，白色的水汽一拥而上将她包裹起来。她扫视一周，把椅子放在人比较少的排水沟旁边。她在稍远点儿的位置发现一个橘色的脸盆，八重子还有印象，是那个女人的东西，看到台子上摆放的一堆瓶子，她确信自己的判断。

拧开头顶上的淋浴头，八重子俯身冲洗后背。脚下细细的排水沟将对面流过来的毛发和污垢飘飘悠悠地冲走。正盯着排水沟看的八重子耳内传来尖锐的声音。

"今天她不在，可以放心了。"

循着声音看去，那个女人正睁大好胜的眼睛和旁边的女人大声交谈着。

"虽然这么说不太好，但的确放心了呢。"旁边的中年女人回答。

"只要那个老太太在，我就会焦躁得仿佛全身毛孔都要喷血。"

她一边哗哗地把桶里的热水浇到身上，一边盯着镜子说。旁边的女人大声笑了。

"可不是，一直说个不停，脏不脏啊，唾沫星子乱飞，而且老是炫耀，那人真是奇怪。"

"听的人简直受不了呢。"

一个老人从她俩身后走过，点点头说了句"我先走了"，她俩笑呵呵地回答"晚安"。

"哎，你还记得那个刚结婚的新娘吧？听说她被逮住说话，一直被迫光着身子坐在老太太身边听到关门，结果得了热伤风呢。傻不傻呀？"

声音像银铃一般好听，但与她那张傲娇的脸不大相称，八重子心想。八重子依然羡慕这个和老熟人调侃的女人，说起来，八重子发现自己在这个偌大的浴室里从未说过一句话。自己的声音在雾气缭绕中听上去会是怎样的呢？八重子斜着眼偷偷看那个女人，她正在用力擦洗身体，仿佛要把自己的皮肤剥离一般。把海绵浸到盛满热水的桶中，白色污垢和泡沫一起漂起来，八重子喜欢盯着自己洗下来的污垢随着热水顺排水沟流走，这让她想起今天一天的自己、讨厌的烦心事和妈妈来信中那纠缠不休却又指望不上的文字。她感觉这一切都会被切割、剥离，自己总有一天会像那个女人一样一身轻松，会像那个女人那样自由自在地凝望着镜子里的自己，让自己高亢的吐槽声在浴室里响起。

她根本没有注意到八重子的视线，执拗地在腹部打上泡沫，沉浸在谈话之中。八重子目不转睛地盯着她看，似乎要将她的每一个动作记在心里。

八重子随意地把穿着超短裙的腿伸开，提笔写道：

妈妈：

　　谢谢你给我写信。我说过多少回了，不必担心我，也不用这么频繁地给我写信。

公寓附近的环七线上，不断有车跑过的声音传入八重子的房间，跟下雨的声音很像。仿佛要与之配合一般，摆头风扇发出规律的嗡嗡声。这两种声音越是协调地此起彼伏，房间里越显得寂静无比。

　　虽然无法过奢侈的生活，但我靠打工还是能活下去的。我想：能够做自己喜欢的事情，这样活着就是幸福。

　　秋天的公演已经定下来了，所以现在每天都在排练。虽然要租房子，置办大型道具、服装之类，每个人必须完成五万日元的任务，但是哪怕冰箱里只剩下一棵卷心菜，我也不想放弃现在的生活。

　　排练中，有时也会进展不顺利，还会被导演呵斥，但是站在舞台上说着准备好的台词，扮演规定的角色，对我而言就是至高无上的幸福了。这就是我的表现方式，是支撑我活下去的必需品。

有写不完的话。只要不停笔，八重子就像进入睡眠那一瞬间一样充实。在不停描写在自己大脑中自由自在行动着的"八重子"期间，毫无意义的数字，总是一成不变的荧光灯的光亮，大麦茶茶包，通通变成了遥远地方的事物。开着的电视上正在播放故事情节大同小异的电视剧，笼罩在车流声和电风扇声的"协奏曲"中，八重子沉浸在思绪中平静地呼吸着。

意识到有人敲门，八重子放下笔，凝神静听。"咚咚咚"，的确有人在敲门。还没等她问是谁，门对面滑进来熟悉的声音。

"是我。"

八重子赶紧收起信笺，把周围简单归拢了一下，跑向房门。虽然对半年前已经分手的男友早已没有爱恋之情，但她依然无来由地感到高兴。

"什么事？都这么晚了。"

八重子回头看看钟，说道。

"这次公演的宣传单做出来了，我给你带了过来。"

八重子知道，这大概只是借口而已。什么庆祝工作、想见她了、给她看台词……，前男友总是跑到她这里，找借口掩饰泄气和抱怨，再或者掩饰借钱这一简单意图。所以八重子只消盯着京市那像蛇一样带着狡猾的眼睛，收下宣传单，然后把他打发走就好了，然而八重子却说："请进吧，家里有点乱。"

京市理所当然地脱下鞋，低下头走了进来，小心翼翼地不让自己碰到门框。看着他的一举一动，八重子在这一瞬间挣脱了现实，现实中的八重子和虚幻的"八重子"之间的界限模糊了。京市依旧和那时候一模一样，穿着和那时一模一样的脏兮兮的 T 恤，搭配着牛仔裤，说着和那时一模一样的戏剧台词，还有一个身穿短 T 恤和迷你裙的自己正在将这样的京市迎入屋内。只有这个男人还待在与就业后的八重子毫无关系的地方。

"只有大麦茶。"

"嗯,大麦茶就好。"

"还是穿得脏兮兮的。"八重子笑道。

"我正在制作道具,没看见全是涂料吗?"

京市摊开沾满颜料的手给八重子看。八重子到厨房里给杯子里放上冰,冰与杯子碰撞时发出哗啦哗啦的清脆响声。

"排练得怎么样了?"

她感觉刚才一直在房间里走来走去的"八重子"突然降临到自己身上,成了八重子。

"这个啊,"京市开始说了起来,"现在正在打广告,到营销环节了。是收音机广告。"

"哟,这不挺厉害的吗?"

"阿泷的朋友在广告公司,听他说的。"

八重子在桌子上放好杯垫,把杯子放在上面。京市伸开腿,仰望着荧光灯。

"你这房间好热啊。要不要搬走?反正工资挺高的。"

八重子默默地把风扇转向他。

"'今天我写信了,寄信地址当然还是那个女孩子的。用这支笔写,就会不可思议地变得诚实。'无聊的台词。"

京市说着广告台词逗她,八重子笑了。

"你猜广告费多少钱?七万日元,七万日元啊!说三十秒话就七万日元,贵死了。"

"啊?广告好贵啊。"

"所以呢,这次的任务是六万日元,这个钱挣得可真容易啊。阿泷这家伙,把剧社的全部收入一把拿走了。唉,他明知道社里赤字严重还这样做。"

八重子站起来走到厨房,毫无意义地拧开水龙头,把自己的手冲凉。京市背对着她继续说。

因忙于洽谈、彩排、录音等事,走不开,所以最近也没法打工,身体也不好,……京市喋喋不休,把自己真正想说的简单的一句话用重重解释包裹起来。八重子悄然回头看着京市,他宽阔的后背和老家一动不动坐在电视前的父亲交叠在一起。

希望他现在马上就回去,八重子因为这一念头太过强烈而心跳加速。在慌乱的心跳声中，八重子喃喃道："请你回去吧。"

她凝神倾听流水的声音，继续体会着那种冰冷的触感。

3

房间的一角浮现出一个白色的四边形。啊，渐渐能看见出口了。朦朦胧胧之间，八重子抬头看那个四边形。啊，太好了，得救了，可以从这里出去。可是正当她打算站起来时，却猛然清醒了，那个白色的四边形只是映着朝阳的窗帘。

到早晨了吗？八重子拿过闹钟，六点四十。每当离闹钟响起还有五分钟时，八重子必然会醒来。她皱着眉头走向洗手间。

八重子在不停发出刺耳尖叫声的闸口处站住，旁边的男人轮番看向关闭的闸口和手表，不耐烦地咋舌，前方的女人打开带镜小粉盒，最后一遍检查妆容。急行电车启动了，窄长的玻璃窗上贴满密密麻麻的人。伴随着轰鸣声，八重子小心翼翼地把脑子里散乱的文字一一拾起来。

八重子：

你还好吗？时子阿姨昨天给我带来好多刚采摘的草莓。我也给你寄一些过去，你自己一个人恐怕不会好好吃水果……

是妈妈的来信，八重子一遍一遍地回忆着，直至把那飘忽不定的字一个一个地记在了脑子里。

你还记得加藤家的阿姨吗？她好像终究得了老年痴呆，前天还在院子里嚼饼干吃呢。听说她才刚刚六十岁，这样说来，我也不知道会怎样，你爸爸依然到处游荡，家里只剩了我一人，我会不会疯掉，或者死掉啊？每次想到这些，我都会感到凄惶难安。

斜射的太阳又升高了一点,八重子掏出手帕擦了擦额头。闸口挡杆慢慢抬了起来,她弯下腰,打算钻过去,好多人开始跑向车站。因担心迟到,八重子也攥紧手帕跑了起来,高跟鞋敲打着水泥地面,发出"喀喀"的声音,仿佛发出咯咯的笑声。

一个人——这个家里只剩下了我一个人。我也提不起兴致做一个人的饭,而且总是会想起八重子在家的时候,想起摆着好多种饭菜的托盘和充满欢声笑语的饭桌,我觉得真是幸福极了。八重子,你明白吗?所谓幸福就是这种东西,而不是什么讨厌平凡、想标新立异之类的。妈妈认为:有个孩子和自己说话,每天给孩子做饭,这种波澜不惊的日子一天天地累加起来,才是一个女人的幸福。

终于,有空调的凉风从挤得密不透风的人群仅有的缝隙中流动过来,八重子一边感受着紧贴在右臂上的男人的衬衣不断渗出汗来,一边定定地盯着车里的广告看，她的腋下也流出汗，痒酥酥的。

新宿到了，乘客们一窝蜂地涌向出口，穿过出口后跑了起来。八重子也拼命地跟在后面。

听一起打工的太太们闲聊，妈妈觉得自己真是一无所长，我对旅行、织毛衣、穿衣打扮通通不感兴趣。我真的是一无所长，结婚、工作、养育你，在这个过程中，把这些东西都丢掉了，就连想做点什么的心情也给丢掉了，可是我觉得只要有你在就足够了，就这样一直生活到现在。你爸爸那个样子，我还和他在一起，也都是为了你啊。可是我不知道你是怎么回事，漫不经心地总是说着梦呓一样的话。我到底是为了什么呢？……因为我从未考虑过这些，所以最近总是在想，难道我就是为了像这样一个人被孤零零地丢下才拼命干活的吗？

地铁站内，闷热的气息扑面而来，本来就狭窄的站台被排队等候的人挤得更逼仄了，根本无法直着往前走。八重子站在后面排队。车站工作人员拼命把快要溢出出口的人群往里推,八重子的脚上已经冒出汗来,长筒袜粘在上面。虽然日复一日都是这番情形,但八重子依然有种想当场大喊的冲动。

"我想就是这样的,妈妈的人生就是这样的。"

灰色的墙壁在窗外的轰鸣声中不断向后倒流,暗淡的光线无法将挤在车里的人们的汗、呼吸、困惑、担忧和说话声吸收,却也没有办法反弹回来,它们错综复杂地缠绕在一起,却又绝无可能相互交融。

陷入庞大的时间和庞大空白中的妈妈的孤单身影缩成小小的一片,紧紧地贴在八重子的眼睑内侧。

高泽、高泽、高泽……,印章不断渗出墨汁,八重子一边盖章一边想:这几个字会不会永远盖不完?八重子似乎弄不懂自己为什么在做着这样一份工作。

因为盖章的位置不对,两天前做好的资料今天早晨被部长打回来了。部长说她应该在低于自己印章两三厘米的地方盖章。八重子任由部长大吼大叫,而她只是一味地发呆。部长粗大的手指指点着"三上"斜上方的"高泽",恶狠狠地俯视着八重子。部长的说教就这样一直持续了大约一个小时,说教的重点从盖章的位置转移到了装订的位置,又变成挂断电话的方式,再说到八重子都过了半年还弄不明白工作一事,原以为他要就此得出结论了,谁知论点又来了个大反转,扯到了服装上,接着又出人意料地转到了寒暄,终于迎来大结局:某某大学毕业的学生太傲气。这座填满大人的楼里,难道跟幼儿园的沙坑一样,要根据毕业的大学划分门派吗?想到这里,八重子感到滑稽。她无法让自己冷静下来,简直要偷偷笑出来了。在这个秃了头顶、皮肤堆满脂肪的男人面前站了一个钟头,被他就文件装订位置和电话挂断方式之类的问题训斥,自己真是可怜啊。可是当她想到或许该服从的自己只能选择必须服从这一立场时,她的手指便颤抖起来了。

或许看到八重子挨了部长一顿训斥,妙子今天的"靶子"不是她。妙子特意没有把挨了一小时训斥的八重子当成"靶子",而是靠在比八重子大两岁的治美桌子前，不停地挑三拣四。看到这番情景，八重子一边给新文件盖章，一边恍恍惚惚地想：妙子或许还保留了些许慈悲心吧……

八重子悄悄离开座位，来到走廊。走廊尽头有个大大的窗户，八重子站在窗户边上往下看，行人小小的身影不断遮盖住人行横道的白线，升高的太阳在人行道上投下轮廓清晰的阴影。八重子隐约看见一个手拿气球的孩子被妈妈牵在手里，可是只有她们成了一个红色的小点，没有清晰的轮廓。八重子的目光追随着那个红色小点，它的周围渐渐蒙上朦胧的灰色光晕。

那条路是在八重子上初中时修的，路上偶尔有车驶过，会扬起一阵沙尘。可是只有那条大马路被铺过，忽然转弯时，八重子手里的自行车就会带起沙尘，把白色短袜染成淡黄色。这座小城没有太高的建筑，所以似乎也比东京少了些荫翳。西沉的落日总是畅通无阻地准时隐身于河对岸的山后面。

落满沙尘的道路两侧杂草丛生，一到夏天就会有星星点点火红的蛇莓点缀其间，右侧是大片的水田，左边田地里的各种蔬菜成熟了，骄傲地展示着深深浅浅的绿色。记不清从何时起，八重子开始讨厌这番景象，每次走在这条被田地包围着的小路上时，她都会感到苦闷。吐露芬芳的鲜绿，倒映在如一大块儿镜子般的水田中的人影，还有那黄昏时分一下子笼罩在金灿灿之中的一马平川的小镇，这一切都让八重子感到极其不快。

偶尔回到家中的爸爸总是一头扎在电视前，只留下一个背影。八重子和妈妈望着爸爸的后背吃晚饭，妈妈默默地关上电视的声音仿佛要将爸爸的背影、低着头的八重子和自己联结起来一般，她用欢快的语气说个不停，莫名其妙地笑着。东家长西家短，今天发生了什么，打工场所的事情，大致就是这类话题。妈妈似乎天真地相信这是一个"永远有说不完的话的欢快家庭"，并露出心满意足的神情。八重子默默地把眼睛从妈妈的笑脸上移开，让那些话从自己耳朵里穿行而过。妈妈的话无比清晰地描画出这座小城有多小，以及妈妈的世界有多狭隘。零星的商店，全是熟人的城里，公共汽车，打工场所，充其量不过被公交车终点站连接着的百货商店，不绝于耳的电视声，妈妈的说话声，紧贴着纱窗的夜色下显得格外清晰的阵阵虫鸣……。小时候曾经感觉无限宽阔的这个地方，突然在某一天被围上矮矮的围墙，划分成了小块儿。

榻榻米上放着倒满啤酒的杯子，顺着杯子滴下来的水滴形成一个圆圈，电视前面出现无数圆圈。八重子不想再看到榻榻米，小心翼翼地走开了。

上了床，传来了每隔三天便响起一次的叫喊声。和自己家隔着两三户人家的前面有一处平房公寓，八重子曾经听妈妈和附近的主妇们皱着眉头谈论过其中的一间屋子。她们时而说那家的太太不是日本人，时而又说好像是从精神病院跑出来的，反正不是当地人，所以她们心平气和地谈论着："那里不断传来男人叽叽咕咕的说话声和女人尖锐的叫喊声。""听不懂女人在说些什么，听上去的确像是外国话，而且听起来像是发疯了。"……八重子钻进被窝，捂上耳朵。

她讨厌这一切。这座小城，这个地方，爸爸的生活，妈妈的生活，这个充满幸福神话的家，这里的风景，淡然流逝的时间，自己在这里长大的事实，自己置身此地的事实……。八重子由衷地想把这一切丢弃并一把火烧掉是在她上高二的时候。

八重子摇摇头，把在眼前展开的情景抖落。人行道上的白线，不时亮起的绿灯，林立的高楼，重新登场。

那些被自己扔到一边的东西，被妈妈的声音绵延不绝地拖拽出来，八重子心想：都是拜从每周寄来的信中浮现出来的妈妈的声音所赐。

可是自己不正站在本该丢弃的地方吗？八重子有种感觉，她误以为自己已经逃了出来，实际却又转回原地，被重重包围着。

八重子踩着高跟鞋离开窗户。

"重新整理！"

一声大吼让走到门口的八重子情不自禁地停下了脚步。房间里的所有人都转向声音传来的方向。妙子根本不理会汇集在自己身上的视线，站在资料柜前浑身颤抖。

"什么东西放在什么地方全都不知道了！来来，现在立刻重新整理！"

妙子用颤抖的手指直直地指着资料柜，捶胸顿足般地吼道。八重子等曾经抱怨过资料柜总是乱糟糟的，不好用，可是今天的资料柜却如图书馆一般井井有条。

"因为不好用。"站在妙子前面的治美狠狠地盯着妙子，用尖厉的声音说道。

"真搞不懂，以前什么东西放在哪里清清楚楚的，你弄成这样简直没救了。"

妙子的声音又提高了一些。有一两个人移开视线，重新回到自己的工作中。八重子目瞪口呆地站在门口，望着妙子瘦小的身体簌簌发抖，脸上若隐若现的皱纹如虫子般在蠕动。

"谁让你整理这里的？做好自己的工作就行了！"

妙子守护的堡垒也包括那个杂乱无章的资料柜。对妙子而言，那似乎是她的圣地，除了必须使用时，谁都不可以触碰。妙子活像一个在沙坑里垒起小山却被人踏平后大哭大叫的孩子。

"重新整理！立刻！"妙子用尽全身的力气吼道。

治美一动不动地怒视着她，她的脸眼见着涨红了。她大步流星地走到资料柜前，把文件夹全都扔到了地板上，噼里啪啦的声音引得整间屋子里的人全都转过头来，隔壁部门也有人从壁板处探过头来。穿过他们的视线，治美夺门而出，差点儿撞到站在门口的八重子身上，房间里只留下奇妙的安静。

八重子一边走到治美离开的地方一边想：如果是"八重子"的话，也会这么做的吧。在她的大脑中自由行动的"八重子"大概也会任性地发怒，然后扬长而去吧。可能的话，八重子真想把文件和印章通通扔出去，追随治美而去。

三十分钟后，治美红着眼睛回来了，默默地收拾好散落在地板上的文件夹，然后按照原来的样子胡乱摞了上去。全部收拾完毕后，治美走到妙子的桌子前，低下头用整间屋子里的人都能听到的声音说："对不起。"

妙子若无其事地看向一边，等她抬起头来，治美已经回到电脑前，又开始默默地敲出规则的声音。八重子用眼角余光看着治美的举动,心里暗暗咋舌。

真没劲。不能回来的嘛!道什么歉嘛!如果是"八重子",大概不会再回来了吧。如果是"八重子"的话……

噼里啪啦散落一地的文件、妙子、治美、部门的气氛,所有的一切都恢复如初,所有的人都在一如既往的围墙中心平气和,仿佛什么都没有发生过一般。在和昨天一模一样的地方,一切都被严丝合缝地镶嵌好。

八重子一直盖章盖到四点,等她把资料交给部长时,部长抬头看着她,嘟囔着"盖个章要一天"。八重子迷迷糊糊地敲着电脑,到了八点走出公司。

刚乘上电梯,妙子跟在后面跑了进来,电梯门关上了。一想到这个刚刚还扯着嗓子捶胸顿足的女人就在自己身后,八重子就有点不寒而栗。

"你也忙到这么晚,真是辛苦。"

妙子冲她打招呼,八重子回过头去。妙子露出和气的笑容,八重子心想:她的粉色衬衫怎么看都不适合她。

"一起走到车站吧。"

电梯门打开后,妙子笑着对她说,八重子也含糊地微笑。

"看样子会热很久呢。"

刚一穿过自动门,青黑的夜色便夹着热浪扑面而来。对啊,现在还是夏天呢,八重子想起来了。冷得需要披上开衫的办公楼里没有四季。

"猫越来越多了。"

妙子像小孩子一般抬头看着八重子,开口道。

"猫?"

"我的房间在一楼,院子里聚集了好多流浪猫呢。小白、茶茶、三花……,我给它们起了名字,昨天又来了一只没见过的。"

仿佛要将那瞬间的沉默填埋掉一般,妙子说个不停。八重子一边盯着妙子捂着嘴的手上凸起的淡绿色血管,一边附和着。

"那是个很漂亮的小家伙,毛色是茶褐色、白色,还夹杂少许银色。我把猫粮放在院子里,它就会混在别的猫里面，小心翼翼地凑上来，窸窸窣窣地吃呢，那样子真是好可爱啊。"妙子用双手捂住嘴，像少女一样咯咯地笑，"我马上给它起名叫'银子'，对它说：'银子，明天也要来啊。'我还专门多放了些猫粮，结果被它们的头头儿阿黑没皮没脸地吃光了。"

透过稀稀落落的身影，八重子看到了地铁入口处的白色霓虹灯，她总算松了口气。

"你是今年才进公司的吧？你也是单身吗？很辛苦吧？"

"嗯，是的呢。"

"你多大了？二十三？"

"到八月就二十三了。"

"嗯，……真好啊，这么年轻。"

感觉回答"嗯"有点儿奇怪，所以八重子没有说话。

"还长得很呢，像白纸一样的未来。"

喋喋不休的妙子说完这句话，突然闭口不语了，车流声在八重子耳边突然大了起来。

"我的人生很无聊，真羡慕年轻人啊。"

准备下地铁入口处台阶的时候，妙子突然加了一句。

无聊的人生，八重子在心中重复道。她仿佛看见并不为自己所知的妙子的人生贴在视网膜上，如同放在手心里的米一样，一粒一粒清晰可见。一瞬间八重子闭上了眼。

弯腰给聚集在一起的猫喂猫粮的瘦骨嶙峋的矮小身体，妙子大发雷霆时的扭曲的面孔，投诉残次商品时绕着电话线的白皙手指……印上茶杯印痕的榻榻米，妈妈喋喋不休的嘴，妈妈边说便宜边展开的毛衣，扬尘的马路，出去打工的妈妈的背影，尖锐的叫喊声……。一粒一粒的米不知何时变成了家乡的景象。

车站里的报亭，长途汽车站，小小的商业街，小区街口处的逼仄的情人旅馆，唰的一下熄灭灯光的小区道路……。八重子一边目光迷离地追随着这些带着一成不变的表情的事物，一边向前走。

商店门口随意扔着腥乎乎的泡沫盒子，身穿制服、搭配短得吓人的超短裙的女孩子们与她擦肩而过，留下一串笑声。一个戴着银边眼镜的男人从八重子身边赶超过去，一边松开领带，一边拿手帕擦汗。八重子抬头看向天空，轮廓清晰的星星正从不同的角度俯视着她。

穿过人行道，又走了一会儿，八重子停下脚步，"亚当与夏娃旅馆"几个字在头顶上半遮半掩地闪烁着。写着"休息三千八百日元起，住宿六千五百日元起"的标示下方，贴着一张四角泛黄的纸，上面写着：急聘钟点工，三点到十二点，每小时一千日元。

从纸张的污损情况和撕下一半的胶带上的黑印来看，这张贴纸是很早以前贴上去的。八重子想起以前从宾馆前面走过时，自己总是低着头。仿佛自己变得和低着头的昨天不一样了一般，八重子走到报酬表前面。

假如有多种可能性的话，八重子心想：自己从明天开始就能够在这里工作了，资料装订和盖章位置，令人想大声叫喊的通勤高峰，妙子的歇斯底里，毫无意义的数字,以及站在"这里"一事,就能够通通丢掉了。

八重子呆呆伫立着,肩膀上突然有什么人搭上来一只手,回过头去,一个满脸通红的男人在朝她笑。

"你在做什么?进去吧?"

一股酒气扑面而来,八重子甩掉搭在肩上的手,匆匆走开了。她一个劲儿地往前走,等感觉额头出汗时,她悄悄地回过头去寻找那个男人的身影。男人已经不见了,在两边的路灯处,弹出盘子相互碰撞般的声音,从敞开的窗户里,传来了摇滚乐声,八重子在这些散乱的声音中放心地慢慢穿行。

她转动钥匙打开门,早晨的,或者说昨天的房间在迎接她。八重子感觉这处房间里似乎充满了"继续"的符号,锁上门后就是"继续"。打开门后"继续"二字消失,仿佛再一次保持着相同的状态重新开始,活像永远在周而复始的家庭连续剧。这是一处既没有像样的电视剧情节,又没有事件和高潮,却在"继续"着的房间。

打开窗后,按下风扇开关。在突然被搅动的温热空气中，八重子瘫软地坐下来，看到桌子上展开的信笺，她拿起笔。

妈妈：

　　这次公演的宣传单印好了，给你寄去。今天我把宣传单扎成捆，到各处的咖啡店和饮料店，请求他们让我把成捆的宣传单放在那里，偶然有客人看到，或许就会来看。大学附近的咖啡店里，类似的宣传单都堆成山了，没想到居然有这么多小剧社。看到那些宣传单，我很开心地想：有很多人在朝着某个目标努力呢。

　　我昨天已经把之前的工作辞掉了，因为忙于排练和制作之类的，很难做到按时去上班。不过请放心好了，我已经迅速定下来在附近的旅馆打工了，这里时间自由，而且报酬也高一点。说起旅馆这类地方，妈妈又要皱眉头了吧？话说回来，为了自己想做的事情做点什么也是天经地义的，所以我觉得也没什么。

耳边传来蚊子扇动翅膀的嗡嗡声，八重子也不去管它，任自己走笔如飞，落笔的声音消融在安静的空气之中。

妈妈，可能性真的多如牛毛，我能做的事情无限多，不能做的事情接近无。

我不希望像你那样，把这些俯拾皆是的可能性丢掉。你正是因为丢掉了可能性，才会认为它们是"这种东西"吧。才会把自认为幸福的人生说成"这种东西"吧。再或者，才会依然坚持认为这样的人生才是幸福的吧。妈妈是要把这种周而复始的生活强加给我吗？是要让我继承"这种东西"吗？

三十年之后我或许依然孑然一身，或许依然在朝着目标艰难前行，但是我想我绝不会称其为"这种人生"。

八重子停下笔，盯着自己写下的"可能性"几个字。不就业的可能性，继续表演戏剧的可能性，递交辞呈的可能性，去情人旅馆工作的可能性，为追求某种变化和刚才那个醉鬼一阵风地穿过拱门的可能性。

所谓可能性其实根本不存在的吧。即便可能性俯拾皆是，自己能够选择的却也总是最无聊的那一个。自己必定会准确无误地、乖乖地把它挑选出来，必定如此。所谓可能性，都是无药可救的人凭空想象出来的，似乎存在，却又根本不存在。或许从脐带脱落的那一刻开始，选择的答案从一开始便已是命中注定的。

八重子在信笺最下方粗暴地胡乱写下"八重子寄"，然后装入信封。突然响起来的电话声吓得八重子跳了起来，她转过身刚想拿起电话，却又作罢。

是京市，一定是他。把手放在响个不停的听筒上，八重子确信自己的判断。就这样放了一会儿，八重子并没有拿起听筒，她站了起来。

她穿上打底裤，套上T恤，开始收拾，准备去公共浴室。

即使存在可能性,也只存在于自己的头脑中,存在于能够随心所欲做事的"八重子"所在的地方。八重子实实在在地感觉到,"八重子"绝不可能从那个小小的世界里走出来。脱下颜色花哨的T恤,露出来的无疑是八重子的肩,是瘦小的乳房和司空见惯的小腹,是八重子总是下意识地观察着周围并忐忑不安的模样。

关上灯,瞥了一眼在黑暗中铃声响个不停的电话,八重子走了出去。

4

若是往常,八重子定会随着人群的脚步声一路小跑,然而这会儿她却晃晃悠悠地坐在了车站的长椅上。也不知从什么地方冒出来的人流瞬间涌了过来,然后又唰的一下被电车吸了进去,反复如此。置身于热浪与喧闹之中,八重子孤零零一个人坐在天蓝色的长椅上,看着眼前的情景。坐在没有一样东西可以停止运转的地方,她感觉自己仿佛也被天蓝色的长椅同化了一般。

靠近天花板的时钟每走动一下,八重子都会命令自己说：必须站起来，必须走了，必须坐上下一列电车。然而飞快运转的只是她的大脑，整个身体却仿佛功能停止了一般，纹丝不动。

望着反复挤满又反复被吸进去的人群和驶离的黄色电车，八重子想起了"那个女人"。

就在上个周日，八重子出门购物时，和"那个女人"擦肩而过。不经意间擦肩而过时，八重子下意识地停下脚步回头看去，那背影分明就是那个花好几个小时擦洗身体的女人。八重子拎着购物袋，悄悄地跟在她后面。那个女人完全没有注意到八重子，一会儿摆弄下头发，一会儿又把手插进短裤口袋里，一直在往前走。八重子用手摁住哗哗作响的塑料袋，敛声屏气地跟在后面。八重子总是在想：假如真的有另外一个自己，假如那个在自己脑子里随心所欲的"八重子"真的存在，一定会是这样一个女人。

头发高高束起，发梢随着脚步摇曳，时隐时现的后颈白得令人吃惊。八重子想起她郑重其事地搓洗身体的样子，她会花好几分钟擦干身体，从浴池出来后再花同样的时间涂化妆水,然后再涂乳液。她到底在公共浴室里花了多少时间呢?她短裤下面露出的双腿在盛夏里白得令人感到不踏实。她的脚每次落在地上,小腿肌肉都会绷紧上提。好轻快的脚步啊,八重子不由心生羡慕。八重子一边和她的背影保持着一定的距离,一边展开关于她的遐想。她看上去无论如何都不像是办公室白领,难道是大学生吗?或者是自由职业者?没准儿实际上跟自己想象出来的"八重子"一样,一边打工,一边表演戏剧吧。想到这里,八重子心里泛起一阵莫名的激动。看她搓洗身体的情形,再或者是酒吧女招待吧。电话应召女郎?俱乐部的歌手?无论是什么,反正恐怕不是跟自己站在同一立场的人,这点不会错,她一定是处于无法选择的可能性对面的人。八重子一边想象着,一边盯紧她的背影跟着走。八重子跟在她身后,并非想要知道她住在哪里,去向何方,而仅仅是因为眼睛离不开,就像在公共浴室里,不经意间来回望向她的裸体一样。

她们从"桔梗浴"走过,拐进一条小巷。在聒噪的蝉鸣声中,窄窄的小巷悠然自得地安然静止。她向前走去,忽而笼罩在阴影下,忽而出现在光亮处,仿佛要将荫翳与日光缝在一起。八重子的视野里只剩下她一人。

七拐八拐之后,八重子站住了,刚好前面有根电线杆,她靠在上面,从缝隙间凝神看去。

稍稍变宽的道路两旁分布着整面玻璃窗都贴满旧海报的美容院和挂有黑不溜秋的招牌的中餐馆等各种小店,小店中间有一间家常菜馆,左右建筑仿佛都是依傍它建成的。面向道路的橱窗里,整齐地摆放着杂煮、寿司饭团和油炸食品。那个女人从店侧面的门走了进去。凝望着那些咕嘟咕嘟闪着亮光的杂煮,八重子屏住了呼吸。

"妈妈,我回来了。不在家吗?妈妈——"

传来的确确实实是那个女人银铃般的声音,不一会儿,她系着围裙,头上包着三角巾,从里面走了出来,在陈列柜对面坐下来,那张脸依然盛气凌人。她目中无人地坐下来,打开漫画书,被多种护发素保护过的头发被收进了白色三角巾里,如痴如醉搓洗过的身体被包裹在脏兮兮的围裙中。

"怎么回事?休息吗?你怎么空着手回来了?"

一个系围裙的中年女人闻声从里面走出,坐在看漫画的女人身边,呆呆地望着盛夏的空气。那是一张将那个女人变胖、变老之后的脸。交互看着这两张极其相似的面孔,八重子呆呆地站在原地。

虽然无穷无尽的人群依然在不断涌入,但人数却已开始大幅减少。八重子抬起头,看了看已指向九点五分过一点儿的表盘。

这种时候,换作"八重子"会怎么做呢?那个活得随心所欲的她大概会不以为然地笑笑,说:"没事没事,就一天而已嘛。"或者说:"那算什么?"然后飘然地离开吧。

今天休息吧,八重子做出决定。带薪假还一天没动呢,给公司打个电话,就说今天不舒服吧,今天悠闲地过上一天吧。

紧贴在天蓝色长椅上的心在这样决定的瞬间一下子

轻松起来，之前一直停止运转的手和脚也灵活自如了。

穿过不断汇聚的人流，背离电车滑行进站的轰鸣声，八重子迈着轻松的脚步向前走去。空气确实热了起来，她却不再对腋下的和把长筒袜粘在腿上的黏糊糊的汗液耿耿于怀了。走在店铺的百叶门尚未升起的商业街上，八重子对这空白的一天充满了期待。到街上购物吧，看电影吧，剪头发吧，大学……，嗯，去大学吧，八重子觉得这真是一个好主意，便急匆匆地掉转方向往始发站走去。随便转转，从阁楼上到屋顶，抬头看看天空，再到定食店吃饭，然后去排练场看看吧。太阳仿佛怒火越来越大一般火辣辣地照下来，把大马路的十字路口和穿行的车头照得一片白。八重子眯起眼睛，仿佛自己也要融化在这白色中一样。狭小的视野边缘有一小束光在闪耀。

镜子里立着尚未看习惯的剪了短发的自己，身后的木凳子上，四位老婆婆背靠背坐在一起，嘀嘀咕咕地交谈着，窄窄的板凳活像憋气的栖木。刚刚开门的公共浴室在午后三点尚冷冷清清。

凝望着穿衣镜中的自己，八重子想起了今天一天的事。

郁郁葱葱的大学校园和八重子半年前毕业时没有任何变化，置身其中仿佛天经地义，八重子并不觉得怀念，然而八重子感觉有什么东西拒斥将自己完全包在里面，所以她既无法感到放松，也无法让自己产生安心感。八重子感受着这种难以契合的莫名的疏离感，漫无目的地四处闲逛。过往的四年时光，自己站着的地方，还有那些将背后不断积压的对故乡的思念忘到脑后、信马由缰的日子，八重子如同收起无用的冬装一般，将它们全部收进衣橱并上好锁。八重子觉得理所当然。

就连站在那处一起度过四年时光的活动室——校舍一角临时搭建的小屋——前面时也是一样，八重子内心既没有涌起什么爱怜，也没有怀念和安心感，只有刚才就不断感受到的浓浓的一团"难以契合感"在心里不断扩散。

打开门，大概会感受到活动室特有的沉闷，会有酒气、汗臭混杂在黑暗中扑面而来，或许里面还能找到人，也许是放弃学业的伙伴，也许是除了这里无处可去的前男友……。八重子一边想，一边快步从门前走过。

并没有捕捉到在等候自己的东西，八重子走出了校门。校园内正在训练的啦啦队的姑娘们的喊声传入高高的天际。

然后，八重子走进一家美容院，剪短了头发。看着被一股脑儿剪掉、然后滑落的一束束头发，八重子感觉那就是非必要却一直围在自己周围的事物。低下头，她看见湿漉漉的头发尚带着光泽，黑漆漆地落了一地。看着自己落在地板上的黑色分身，八重子有种酣畅淋漓的感觉。八重子一边体会着脖子周围不太习惯的清凉感，一边思考接下来去哪里，最后却还是回到了家里。她趴在窗边，在蝉鸣声中眺望着院子里纹丝不动的浓重绿色，等待浴室开门的时间到来。

"什么都不搽的话，夏天时脸也会紧绷绷的。这个挺不错的，但冬天不行。"

"是啊，冬天还是得用乳霜呢。"

老婆婆们一边传看一个瓶子,一边叽叽咕咕地交谈着。

"很好用,滑溜溜的,要不要试试?"

"我现在是从医生那里拿,就是秋山和那个。"

慢慢出现在镜子中的还是那副司空见惯的裸体,只是头发有点不自然。

八重子将脱下的衣物放进脱衣篮,向浴室里走去。老婆婆们依然聊得火热。

充足的日光从靠近天花板的窗户照进来,干干净净的浴池闪着光波。除了八重子,还有三位客人。往常她都是挨个儿扫视着裸体寻找那个女人,今天八重子只是仰望着天花板,她不想看那个女人了。水蒸气腾空升起,在高高的天花板上卷起椭圆形旋涡,描画出淡淡的云纹图案。

刚刚在美容院头皮让人洗得有些痛,八重子又将头发重新仔细洗了一遍。

因为总是相信剪了头发就会发生某种改变,所以八重子也不知究竟剪了多少回头发了。多少回了,八重子一边体会着脖颈上清爽的失落感，一边对自己还是自己、依然没有脱离"这里"感到失望。

剪了头发，到底要去哪里呢？八重子一直在想，自己究竟在逃离什么呢？是印了杯子印的榻榻米？令人窒息的绿色？泛黄的袜子？一到晚上就响起的女人的尖叫声？毫无意义的数字？到处都是"继续"符号的房间？总是会被自己选出来的固定答案？妈妈？自己身体里悄然脉动的"周而复始"？或许吧。

门吱呀一声打开，一个新的裸体从镜子前走过去，重重叠叠下垂的小腹赘肉，弯曲的细腿，纵横密布的青白血管，干瘪果实一般的乳房。坐在离八重子稍远处的那个弓起的后背和不知哪次见到的妈妈的裸体交叠在一起，八重子赶紧把视线移开，视线却又撞到了另一个裸体，后背的老年斑和黄褐斑不甘落后般密密麻麻，软绵绵地落在瓷砖上的白屁股看起来像刚做好的年糕。老人的身体让八重子联想到深深的地窖——一个只能乖乖选取笔直向前的可能性并摸索前行的深不可测的地窖，不可以往外走，只能屏住呼吸，闭上眼睛，毫无选择地甘愿委身于此地,像妈妈那样,像妙子那样。八重子再次移开视线,一双绷直的腿映入眼帘,还有一个小女孩儿笨拙地迈着粉嘟嘟的腿拼命跟在后面。

"町子的布娃娃,布娃娃也要洗澡澡。"

"你瞧你,快行了吧,快过来洗头发。"

一双粉嘟嘟的胖胳膊把说个不停的小女孩儿举了起来。

八重子周围的每一个裸体都和妈妈、和妙子交叠在一起,令人感觉那不是未来的模样,而是像极了明天的自己。那布满黄褐斑的宛如矫正过的茄子一样弓起的后背,完美地嵌入曾经的饭桌前。虽然与这些裸体素昧平生,八重子却恍然感觉她们随时都会转过身来跟她讲起打工场所的琐事,讲聚集到院子里的流浪猫,摊开毛衣给她看并询问够不够便宜,穿着不般配的粉色衬衫,跨过印上无数圆圈的榻榻米走开。八重子站起身,想把它们通通抖落。她将自己浸入浴池,向后仰倒时,她看见玻璃门对面高高的天空上没有一丝云彩。八重子缓缓闭上眼睛,仿佛要将蔚蓝的天空留在眼睛里。

她听到入口的门打开，又有新的客人加入进来。

"啊，好热好热。夏天可真是太让人讨厌了。"

八重子闻声睁开眼睛，又是那个老太婆。她逮住一个正在冲洗身体的老人，坐在旁边打开了话匣子，这让八重子松了口气。

"我的小孙子去旅行了呢，他还邀请我和他一起去，可是你看这么热，而且我都这把年纪了呀。"

老太婆慢吞吞地摘下假发，喋喋不休。那个不幸坐在她旁边的老人并未露出厌烦的神情，而是不慌不忙地附和着她。八重子不去理会她的声音，坐在了冲水口前面。

八重子看见镜子里映出老太婆的半边身体。看着她瘦小的弯背，八重子猛然生出一个念头：那个老太婆莫非既没有孙子也没有儿子？也许她和那个不断将给妈妈写信的根本不存在的"八重子"的生活连缀在一起的自己一样，想象出了虚幻的孙子和儿子，在扮演着根本不存在的另一个自己吧。

这一念头让八重子无比激动起来，她本来在专心地搓洗身体，却停下了手，把手放在打了一半儿泡沫的腹部。她感觉有一根看不见的丝线从自己的身体里冒出来，笔直地和自己周围那些松弛的裸体联结在一起，丝线的一端全部是肌肉萎缩的背影，而自己或许终将握着那根丝线活下去，虽然偶尔指甲会划破丝线，或者偶尔自己也会转过身去。八重子抬起按住腹部的那只手，在肚脐附近挥动两三下后又无所事事地把手掌落在大腿上，沾在大腿上的水珠在手掌下面慢慢扩散开来。

刚才那个小女孩儿好奇地看着八重子，慢慢走了过来。小女孩儿三岁左右，右手抓着一个布娃娃，粉嘟嘟的身体泛着光泽。看着她光滑的生殖器，八重子忍不住露出微笑。看到这里，小女孩儿似乎放下心来，走到八重子身边，冲着她笑。

"町子今天过生日呢。"

她口齿不清地说。

"真的吗？生日快乐啊，町子。"

八重子说，声音在水蒸气中发出湿答答的微弱回音。

"Happy——birthday—— to—— you——"

小女孩儿自顾自地用不稳定的音阶唱了起来。从浴池后面的大玻璃窗射进来的阳光照在浴池上，泛起粼粼的波光。

"Happy——birthday——町子。"

八重子小声随着小女孩儿唱了起来。突然发现这还是自己第一次在这里说话，八重子觉得好笑。她忍不住轻轻笑了出来，歌声微微地颤动，小女孩儿也随着她笑起来，再一次从头开始唱"Happy——birthday——"，八重子也跟着重复唱。

自己清澈的歌声从一页一页泛着光的瓷砖上反弹回来，又传入八重子的耳中。她真想开怀大笑。

"咯咯咯咯……"唱完以后，小女孩儿害羞地笑着跑向更衣室。好像突然想起什么，跑到半路她又折了回来。

"那个……"她把双手背在身后，眼睛望着鼓鼓的小肚子问八重子，"你还会来吗？"

"嗯，"八重子回答，"会来的呢。"

"不来可要打屁股哟！"

小女孩儿笑着做出打八重子屁股的姿势，然后跑开了。

目送着被射入的日光照得几乎透明的小小裸体，八重子突然想：把那些无法寄出的信——那塞了满满一抽屉的写给妈妈的信——全部烧掉吧。

每个出水口处都有的长方形镜子交互反射着太阳光，每面镜子里的裸体都包裹在柔和的光线中。八重子一面一面地依次望了过去。